昭和女性のど根性人生

松村 緑
MATSUMURA Midori

文芸社

まえがき　「あの日、あの頃」

今年八十八歳を迎えた。身辺の整理をしなければならない年である。自分の分身のような多くの資料が残っている。自分が死んだらこれらがごみとして処分されてしまうと思うと口惜しい。

戦中戦後、時代に翻弄されながら、思うように勉学の道に進めず、夜学と就職の道を選んだ。

教育の機会均等とは何ぞや。なぜ職場では男女の不平等がまかり通るのか。憲法はどうなっているのか。模索する中で組合運動、婦人運動、政治への関心が高まっていった。

そのような少女時代であった。

苦しい時、悔しい時泣きながら口ずさんだ歌があった。『「忍(にん)」のうた』である。小学五年生の時担任の若い先生から習ったもので、私の精神の柱となったと思っている。よき師に恵まれ、よき友を得、多くのよき同僚に支えられて来た。

これは、常に全力投球とベストを尽して生き抜いて来た、一人の女性の思い出の記録である。

度々の岐路で進路の選択を誤ったのかも知れない。後悔もある。

しかし、悔しいけれど、これが私の一生だったのだ。

「忍」のうた

一、野を流れての末遂（すえつい）に
海となるべき山水も
しばしし木の葉の下くぐるなり
見よ忍ぶなり　山水も

二、身に振りかかる憂（う）きごとも
なおこの上に積れかし
限りある身の力試さむ

見よ試みん　身の力

先生ご自身何か思いを抱いておられたのかも知れない。泣き虫先生だった。

小学五年生でよくこの歌の意味を理解していたものだ。同窓会でも必ずこの歌を歌った。そして口々に自分の人生の中でこの歌に支えられ乗り越えて来た経験を語り合った。私たち同窓生の中にいつまでも生き続けている歌なのだ。

目次◉『昭和女性のど根性人生』

東京から福岡（朝倉）へ疎開

昭和十六（一九四一）年太平洋戦争が始まった年、緑は小学一年生だった。正確にはこの年からそれまでの尋常（じんじょう）小学校は国民学校となり、戦時色が濃くなっていた。東京はまだ「東京市」だった。

東京の江戸川区に住んでいた。その家は県境を流れる江戸川に程近く、堤防には漁網が干してあったり、漁師が船から網を打ったり、また堤防で網を纏う漁師の姿も見られた。向う岸は千葉県ということで、遠くにはアーチ型の橋も見えていたが、一度も渡ったことはなかった。

川の向う岸には葦が生い茂っていた。一度家族で舟に乗ったことがあったが、なぜか途中で母と緑だけ葦の中に降ろされた記憶が残っていた。後に母にそのことを尋ねると、母は笑いながら話してくれた。舟遊びの途中で母が舟酔いしたので一時休んだのだそうだ。緑が三歳位の時の記憶かも知れない。

家の近くにトクちゃんという色白で美人の姉さんがいた。トクちゃんの家では海苔をつくっていた。トクちゃんのお父さんが黒いドロドロの海苔をバケツから四角い簀（すの）

子（こ）に広げ、板枠に並べて庭いっぱいに干してあった。浦安の海岸に潮干狩りに行った時と同じ香りがしていた。

トクちゃんは器用で優しく、色とりどりの布で着せ替え人形をつくってくれた。

家の近くには神社があった。開戦間もなくの頃、三歳年上の姉に連れられ、小旗を持って沢山の人の流れに加わった。「武運長久を祈る」「武運長久を祈る」と口ずさみながら境内の周囲を何回も回った。武運長久の意味もわからないままだったが、後で考えると、戦勝祈願か出征兵士への無事祈願だったのだろうと思った。

緑が入学した国民学校は、校門を入るとすぐ左手に鎖で囲まれた芝生の庭園があり、その奥に奉安殿（ほうあんでん）（天皇・皇后の御真影と教育勅語を納めていた建物）と石碑が二基建っていた。そこを通る時には必ず最敬礼をすることになっていた。

間もなく「東京は危ない」ということで、急に父の郷里である福岡の朝倉に疎開することになった。東京の友達と別れを惜しむ間もない程、急な出来事だった。

父母と兄・姉・弟二人と緑、家族七人揃って東京から列車に乗った。荷物は、革の大きなトランク一個を父が持ち、母は弟たちの世話にかかっていた。下関から関門連絡船で門司に渡った。いくつかの列車を乗り継いでやっと小さな駅に着いた。田圃が果てしなく続く中、一本の細い道を歩いて祖父の家に到着した。生垣に囲まれた広い

昭和十二年三月、東京の家の庭で撮った家族写真。
右から父、兄、緑、母、弟、姉

屋敷には、古くて薄暗い家があった。冷たい井戸水がおいしかった。

玄関からは入らず、土間が通常の出入口のようだった。土間から台所、井戸端、風呂場へと通り抜けられる。部屋は居間、祖父の書斎、中の間、座敷、仏間、玄関の間、納戸と続いていた。長い廊下に面した庭には樹木が茂り、苔が緑のじゅうたんの様だった。梅の古木もあった。飛石伝いには白壁の土蔵があった。

家は茅葺きと瓦が半々の平屋で、天井も柱も黒く煤けて家全体を薄暗い感じにさせていた。

その家には祖父とお手伝いの女性（おばあさん）が住んでいた。

疎開するのは国民学校六年の兄と四年の姉、一年の緑、この三人だけで、数日すると父と母と幼い弟二人は東京へ戻っていった。

緑は国民学校一年の転校であったが、あまり不安や淋しい思いはなかった。いつも姉が近くにいて、緑はいつも姉の後についていれば安心だった。学校では東京からの転校生ということで、級友たちがもの珍しそうに近づいて来て、いろいろ話しかけられた。いじめなど全くなかった。友達はすぐに出来た。小学校の近くに住んでいる三人の同級生は緑の家にもよく遊びに来た。花を摘んで押花や首飾りをつくったり、かくれんぼをしたりした。三人は終生の友となった。

東京の家での家族写真。後列左から父、母、兄。前列左から緑、弟、姉。破損は、戦時中の空襲によるもの

「あんたかた、ぶげん者（分限者）じゃろう」

つまり「あなたの家はお金持でしょう」という意味である。「ちがう芸者じゃない」と意味をとり違えて強く否定した。方言がわからないのが一番困った。

朝倉の方言では語尾に「〇〇くさ」とつけるのである。「〇〇ね」という意味である。何が臭いのかと不思議に思ったものだった。担任の先生も生徒に馴染みやすい言葉として、よく方言を使われた。

学校では手まりやゴムとびが流行っていた。手まりはゴムまりではなく、綿を丸めて糸でぐるぐる巻きにしたものだった。

ある日家の土蔵に入ってみると、打ち直した綿の束と、白と紺色の斑になった糸を発見した。綿を千切り取って丸め、糸を巻きつけて手まりをつくった。住み込みのおばあさんからひどく叱られた。どうも機織り用に染めてあった糸だったらしく、後で考えると大変なことをしてしまったのだと思った。そう言えば納戸には木製の機織り機が置いてあった。

級友たちの服装は、冬は木綿の絣(かすり)の綿入れ半纏(はんてん)だった。緑は東京で着ていた衿(えり)に白い兎の毛がついた赤いコートを着ていた。子ども心にも皆と違いすぎている感じがしたので、東京の母に手紙で綿入れの羽織を送ってほしいと頼んだ。東京から届いたものは、光沢のある花柄の生地でつくられたものだった。求めていたものとは違っていたが、我慢することにした。

古い大きな家は不便なことが多かった。通常は土間から出入りし、そのまま台所に通じていた。竈(かまど)が二つ並び、「ドーゴ」という備えつけの鉄釜に湯が沸いていた。流し台は石で出来ており、井戸水を甕(かめ)に溜めて使っていた。風呂は台所の外にあり、木製の楕円の桶で風呂の水は井戸のポンプから竹筒で流し入れていた。井戸の屋根はトタン葺きで柿の実が落ちると大きな音を立てた。

柿の木は、岩山、富有柿、甘柿、渋柿など、色とりどり二十本近くあった。その外果物では梨、枇杷、みかん、ぶどうなど季節毎に楽しい味覚だった。

家で一番苦手だったのは便所だった。長い廊下の先で納戸の裏にあった。板戸を開けると物置のように薄暗く、細長い座卓が十脚程積み上げられ、薄暗い電灯の下では無気味な空間だった。

恐がり屋の緑にとっては、床の下や机の間から何かが出て来そうで昼でも嫌だったが、夜は一層気が重かった。時には夜中に起きても便所には行かず、月明りに土蔵に通じる飛石を伝って土蔵の裏に回り用を足すこともあった。そんな時に限って誰かが起きて便所に行くのである。その合間に急いで廊下にかけ上がり、自分の布団にもぐり込んで胸をドキドキさせていた。

東京に残っていた家族は、江戸川から品川に転居していた。その後東京の空襲が激しくなってきたのでと、父一人を残し、母と下の弟二人で疎開して来た。上の弟は六歳で亡くなっていた。東京はその頃食糧難で、半本の大根を買うのにも行列しなければならなくなっていたとのこと。母は病気の子どもの側にいてやるか、行列に並ぶかで悩んだとのことであった。田舎では大根も野菜も果物も豊富だったので、亡くなった子どもにもっと十分食べさせてやりたかったと涙していた。

住み込みで働いていたおばあさんは、母が帰って来たのでと辞去され、あとは母が家事一切を行うこととなった。

緑は、母と毎日一緒にいられることが嬉しくてたまらなかった。

都会育ちの母には田舎の生活は不慣れで不自由なことも多かったようだが、一つ一つ祖父に教えてもらいながら畑仕事にも慣れていった。近所のおばさんたちも親切で、野菜や手づくりの味噌や漬物などを届けてくれた。

母は近所の人たちを招いて「お茶飲み」という夕食会などを開き、一層親しくなっていった。

母は東京で大空襲に遭い空襲の恐ろしさを体験していたので、「おじいちゃま、防空壕を掘りましょう」と提案したが、祖父は決まって「こんな田舎に空襲などあるはずがない。掘りたければ自分で掘りなさい」と言って取り合ってくれなかった。

母はさっそく防空壕を屋敷の外の畑の中に掘った。人が屈んで入る深さで、詰めれば四～五人が入れる位の広さだった。天井は張板や古畳で覆う仕組みだった。しかし雨の日は水が溜まって困るので、二つ目を家の中の土間に掘った。踏み固められた土間は畑と違い土が固く、母は慣れないスコップを使って汗まみれになりながらどうにか二つ目も完成させた。土が固いだけあって出入口は階段状に削られ、二つ目の方がしっかりしているように思えた。

警戒警報や空襲警報の回数が次第に多くなっていった。警報が出る度に、天気の良い日は外の防空壕にとび込み、しばらくして警報が解除されると外に出て来る。そんな日が多くなっていったが、祖父は決して防空壕に入ろうとはせず達観しているようだった。

戦争の影は遠慮なく日毎に朝倉にも迫って来た。学校では避難訓練が始まり、学校の裏の林の中へ走った。座布団を二つ折したような防空頭巾は、常時身から離さないようになっていた。

登下校時には畑の側溝に目と耳を手で塞いで身を伏せた。間もなく警戒警報や空襲警報が訓練ではなく現実のものとなった。その頻度も日毎に多くなり近くの村に爆弾が投下されたという噂も聞かれるようになった。

学校では警戒警報のサイレンが鳴るとすぐに全員下校となった。

学校ではなぜか兎を飼育していた。兎当番があり交替で日曜日でも世話に出かけていた。緑はいつものように弟を連れて出かけた。途中でギシギシという兎の耳のような野草を摘んで兎の餌にする。当番を終えて帰宅する途中だった。空襲警報が発令されていたのに気づかなかったようだ。

青空の空中高く、銀色の翼に四発（四気筒エンジン）の角を光らせ、四機編隊の飛

昭和十八年、国民学校3年の頃。開墾地でのさつま芋収穫の様子

行機が轟音を立てながら現れた。

「日本の飛行機がんばってくれ」

緑は弟と二人で飛行機に向かって大声で叫び手を振った。しかし、

〈ド、ド、ド、ド――〉

襲ってきたのは爆撃音だった。とっさにアメリカ軍の戦闘機であると気づき、弟の手を引っぱって抱き合うようにして側溝に身を伏せ、両手で耳と目を塞いだ。

爆音がしなくなり戦闘機の姿も見えなくなったので急いで家に帰った。

【B-29】が飛来して、隣の村が爆撃にあったとあとで聞かされた。


空襲警報が日常化する中、学校生活も勉強よりも作業に費やす時間が多くなった。国民学校低学年であった緑たちは、開墾地にさつま芋を植えたり、軍服の繊維を得るための桑の木の皮むきに励んだ。女学生だった姉は道路つくりの作業に、中学生だった兄は大刀洗（たちあらい）飛行場に動員されていた。緑の自宅の座敷には、挺身隊という女学生が数人宿泊滞在していたことがあった。大刀洗飛行場で何か作業しているらしいと言われていたが、彼女たちに近づくことも話をすることも禁じられていた。

いつの間にかその姿は見えなくなっていた。国民学校の校舎の一部には軍人が滞在していた。校庭や道路で隊列を組んで歩調をとって行進する姿がよく見られた。緑の担任は音楽の先生だったので、頼まれて隊歌を教えたりピアノで伴奏したりされていた。学校に滞在していた軍人たちは、特別幹部候補生という兵士だったようだ。

祖父は、学業がおろそかになってしまっている孫たちの姿を好ましく思っていなかった。祖父は小さな文机の前に兄を座らせ、漢文を教え込んでいた。兄は全く興味がなさそうで、間違う度にキセルで頭をコツンと叩かれ、その度に兄は泣きそうな顔で首をすくめていた。祖父は漢学者だった。

魔法の手

「繭からの糸紡ぎ」

疎開した祖父の家の門を出るとすぐ、花ちゃんというお姉さんの家があった。そこのおばあさんはとても器用で優しかった。

よく縁側に小さな絣（かすり）の座布団を敷いて背中を丸めて座り、糸車を操っていた。湯気が立つ金だらいに丸く細長い真っ白な繭を浮かべ、左手で糸車を回し右手で繭を操ると繭は湯の中で踊りながら一本の糸に束ねられ、巻きとられていく。光沢のある糸がおばあさんの手元からどんどん増えていく。まるで魔法の手だった。

「綿花からの糸紡ぎ」

おばあさんは綿花からも糸を紡ぐこともあった。白い綿花をひと握り掌に握り込むと左手で糸車を回し、綿花を握っている右手の指先から一本の糸が紡ぎ出される。人差し指と親指で少しねじっているようだったが、そんなことで糸が生み出されるものなのか。手元をじっと見ていても、不思議に思えるだけで謎に思えた。掌の中に糸巻が隠れているのではないかと思える程、細くて美しい糸が続けて出て来るのである。
一度おばあさんに掌の中を見せてもらった。掌の中には残り少なくなった綿花しかなかった。

「桶屋」

細い道沿いに一軒の桶屋があった。同級生の照ちゃんの家だ。家の裏は竹藪だった。桶のタガはその竹を使っていたのだろう。表のガラス戸はいつも閉めてあったがのぞきたくて仕方なかった。タガが外れてバラバラになった桶をどのようにして丸い桶に仕上げるのか不思議だった。よくその家の外に青竹のタガで仕上がったばかりの漬物桶やたらいが置かれていた。緑の家でも乾燥してタガが外れてしまった桶があった。何枚もの板切れがどうすれば輪の中に組み立てられるのだろうか。緑はバケツに板切れを立てかけて輪っかをかけて組み立ててみたり、いろいろ試みたが出来なかった。大人の手は実に器用なものだと感じ入っていた。それからは、家の漬物桶も、風呂桶も、乾燥しないようにいつも水を含ませておくよう心掛けるようになった。

「鍛冶屋」

学校の近くで和ちゃんという同級生のお父さんが鍛冶屋をしていた。学校の帰り道、よく立ち寄って見て帰った。近くでも見せてくれた。

左手を使いフイゴで風を送ると一気に熱気が増し、そこへ右手に持った火鋏(ひばさみ)で掴んだ鍬(くわ)や包丁などを灼熱した火の中に差し込む。鉄片が真っ赤になったら引き出してハンマーで叩く。これを幾度もくり返しながら成形すると、切れ味が良くなるのだ。不思議だった。飽きることなく眺めていた。

緑は鍛冶屋のおじさんを真似て、家で使わなくなった包丁を台所の竈の火に差し込んでみた。真っ赤に焼き、火鋏で挟んで平らな石の上で金槌で叩いてみたが、すぐに冷めてしまい何の変化も起きなかった。

「鍋・釜の修理」

晴れた日の日曜日に時々、近くのお宮の境内に鍋・釜の修理や、傘の修理に自転車で来るおじさんがいた。各々、敷物を広げ道具を並べ、一日中そこに座って修理の仕事をするのである。

「鍋釜の修理」とか「傘の修理」と大きな声で節をつけて叫ぶと、その声に誘われて穴の開いたアルミの鍋などを持って近所の人たちが寄って来るのである。

鍋の修理はブリキの小さな板を丸く切り周囲を歯車のように鋏で切り互いに折り曲げて傷んだ穴に差し込んで拡げ金槌でしっかり叩きつけると穴が塞がるのである。お見事である。緑はいつものぞき込むようにして見続け日が暮れるのも忘れていた。緑は修理のおじさんからブリキの丸い小片を貰った。緑はさっそく家にある穴のあいたアルミの鍋に同じことを試みたが、小さかった穴は前より大きくなり、それ以上手のつけようがない始末に終わった。

「傘の修理」

「こうもり傘の修繕～こうもり傘の修繕～～」という呼び声につられて緑はまたもやお宮の境内に行った。

いつものようにおじさんの前に座ってのぞき込んで見ていた。既に預かっている傘もあるようで、お客が来なくても修理の仕事は手を休めることはなかった。

傘の骨が折れたり、曲がったり、骨が支柱から外れてバラバラになったり、修理の箇所も方法もいろいろ異なり、見ていても飽きることはなかった。

一日中見ていた緑は、全ての箇所の修理の方法や使用する部品、道具なども理解し、自分でもこれなら出来ると思った。すると修理のおじさんがいくつかの部品を分けてくれた。鍛冶屋の真似事や鍋釜の修理で失敗した後であるが、今度はちゃんと出来るという自信があった。

さっそく自宅の傘で、骨が折れたり曲がったり、修理が必要なものは全て修理することが出来た。母に頼んでペンチのような道具を町で買ってもらった。修理のおじさんとは仲良しになり、部品の道具を修理に回って来る度に分けてもらったり、後には注文先の大阪の業者を紹介してくれ、本格的に行う一方で、友達や、近所の人の傘も修理してあげた。

成人し、就職した後も、捨ててある傘が気になり、修理して駅に置いてあげることを思いついた。

ある台風が去った翌日、朝、街路樹の植込みに刺すように骨が折れた傘が捨てられていた。近寄って拾おうとしたとたん、職場の先輩に声をかけられた。

「何しよると?」

緑は慌てた。他人が捨てた骨が折れた傘を拾おうとしている自分の姿が急に恥ずかしくなってその場をとりつくろってしまい、傘を修理して駅に置いてあげようというアイデアは実現しないで終わってしまった。

その後傘は材質も形状も変わり、もはや緑の手には負えないものとなった。

自宅へ爆弾投下

その日は朝からどんよりと曇っていた。昼近くだったと思う。不気味な爆音が響いていた。警戒警報から空襲警報が続けて発せられ、家の外の防空壕へ行く暇もなく、家の土間に掘った二つ目の防空壕へとび込んだ。その日は兄も姉も動員で家にはおらず、母と祖父と弟と緑の四人だけだった。

いつもは決して入ろうとしない祖父がはじめて「入れてください、入れてください」と言ってとび込んで来た。母が急いで祖父の手をとり引きずり込んだ瞬間だった。雷が百個もまとめて落ちたような轟音とともに土が降りかかって来た。皆身体を丸めて頭を押さえていた。しばらくして轟音が止むとやっと頭を上げた。

「近くに爆弾が落ちたようだね」

皆そう思っていた。爆音がしなくなったことを確かめ、恐る恐る外に出てみた。

家中の畳の上は、天井から落ちた真っ黒い煤と茅葺き屋根のごみくずで埋めつくされ、足の踏み場もない状態であった。家も土蔵も壁は爆弾の破片が貫通し、拳が通るような穴が沢山開いていた。雨戸も戸袋ごと貫通したようでばらばらになっていた。大切な食器、衣料などは箱に入れて土蔵に避難させていたのだが、それを狙ったかのようにズタズタになっていた。庭の樹木の幹もえぐられたり、破片が突き刺さったりしていた。

爆弾は外の防空壕のすぐ横に落ちたのだった。防空壕は吹き飛ばされ、形もなくなってしまっていた。爆心地は円錐形の擂り鉢のようになっていた。直径七～八メートル位の大きさで、深さは人の背丈程もあり、雨が降ると池のようになった。

あの時外の防空壕に入っていたら全員吹き飛ばされていた。そして祖父が土間の防空壕にとび込んで来なかったら、破片や爆風でやられていたに違いない。誰も命を落とさなかったことが不幸中の幸いであった。

やがて終戦、母働きに出る

自宅への爆弾投下から間もなく、父も東京から仕事を辞めて朝倉に帰って来た。父は身体を悪くしていた。激しい胃痛に悩まされ、その都度母が父の背中をさすったり押したりしていた。傍ら父は、仕事を求めて福岡市内に住んでいた長姉の元に身を寄せ、市長秘書という仕事を得たが、健康が続かず結局数カ月で辞めて実家へ帰って来た。その後も実家から通勤出来る仕事に就いたが、出勤途中で胃痛が起こり、知人宅で休んだ後リヤカーに乗せられて帰宅するようなことが多くなっていった。

終戦は国民学校五年の夏であった。終戦を告げる天皇の玉音放送は家のラジオで聞いた。内容はよくわからなかったが、父が一言「戦争は負けたぞ」と言った。空襲がなくなったことは嬉しかった。

学校では教科書を墨で塗り潰す作業が始まり、学校の講堂にうず高く積み上げられていた桑の皮は放置された。

食糧難は、田舎でも非農家には厳しいものがあった。米麦は手に入らず主食は専らさつま芋で、弁当も蒸(ふ)かしたさつま芋だった。白米のごはんを持参する農家の人が羨ましかった。

収入がなくなった我が家の家計は、母が自分の着物を食料に換えて凌いできた。ある日父のお使いで隣村の父の知人の家を訪ねたことがあった。小さな風呂敷包みと手紙を持たされ、稲が稔りはじめ草いきれのする夏の日の田園の中の細い道を歩いて行った。緑には想像がついていた。風呂敷包みの中は多分父の着物と借金をお願いする手紙だろうと思っていた。

緑は父に対しても、訪ねた先方に対しても、中身については何も知らない、何も感じていない素振りで通した。

訪ねた先方では玄関でしばらく待たされた後、同じ風呂敷包みと手紙を渡された。多分借金を断られたのだろうと思った。「ご苦労様だったね」と優しく労われて、炒った大豆を小袋に入れて渡してくれた。緑は小さな声で礼を言うと足早にその場から離れた。恥ずかしさと情けない気持が一気に沸騰し、急に涙が出て来た。

近所の人は親切で、大根や里芋などいろいろな野菜を届けてくれた。土間に黙って置いて帰る人もいた。また病気の父にと山羊の乳を毎朝届けてくれる人もあり、父は搾りたての羊乳を有り難がって飲んでいた。

五月に入ると茶摘みのシーズンが始まる。裏の茶畑では若い新芽だけでなく、少し大きく硬くなった葉も一緒に摘んだ。近所の人たちと共同で、庭にしつらえた石の竈に火を入れ、大きな鉄釜で炒った。パチパチと炒られた若葉が熱く柔いうちに、莚(むしろ)の上で手揉みすると、青くさい香りに包まれる。莚に拡げて乾燥させると、一年分のお茶の葉が蓄えられるのである。

青くささが残ったお茶の香りは初夏を思わせる香りで、樹々の新緑と青葉の季節であり、緑はこの月に生まれた幸せを感じていた。両親が「緑」と名づけた気持がわかるような気がした。

近所の人たちとの共同作業は他にもあり、こんにゃく芋でこんにゃくをつくり、大豆で納豆をつくった。納豆は藁で編んだ苞にくるんでしばらく寝かせた後食べた。

父が働けなくなって現金収入がない生活は限界に達していた。母が働きに出ることになった。父の姉にあたる伯母が福岡市内におり、交友関係も広かったので協力してくれた。伯母の紹介で訪ねた先で偶然目にした求人広告に、母は挑戦することになった。米軍関係で英語を必要とする仕事である。若い頃、東京の青山女学院（現青山学院大学）の英文科を卒業していたとはいえ随分昔のこと、果たして現在仕事として通用するかどうか不安だったようだ。母は採用試験に向け土蔵に籠もって猛勉強し、「CCD（民間情報検閲局／Civil Censorship Detachment）」という米軍関係のオフィスに採用されたのだった。

さっそく福岡に間借りし、一人で生活することになった。程なく兄も福岡の大学に入学し、二人で暮らすことになった。

朝倉の田舎に残されたのは病弱な父と女学校二年の姉と小学六年の緑と小学入学前の弟の四人となった。姉が主婦となり家事一切を仕切った。緑は姉に言われるままに畑仕事、炊事、洗濯等手伝った。姉は女学校から帰宅するとすぐに畑に出て、芋を植えたり麦を播いたり、農家の娘さながらにがんばった。すると近所の人たちが牛で畑を鋤いたり、畝をつくったりして助けてくれた。幼い弟も、薪を集めたり食卓を整えたり、出来る仕事を手伝った。父は体調の良い時は薪を割ったり、畑仕事も少しはしていたが、体調が優れない日が多かった。

父は東京外語学校（現東京外語大学）の仏法科を卒業しており、若い頃は外交官を目指していたとのことであった。高等文官試験合格後、脳溢血に倒れ一時言語が不自由になり若い日の夢が叶わなくなり警視庁外事課に入職したようだ。それは不本意な生活の始まりで、胃痛はその頃から始まっていたようだ。東京中の名医に診てもらっても治らず、医者不信に陥り、漢方薬や民間療法に頼り試みたが効果はなかったようだ。特に父の症状は、悩みや何か問題が起こると症状が出て胃痛が起こり、機嫌の良い時、嬉しい時は、胃痛がおさまっていることが多いのに気づいた。

「お父様の病気は神経性胃炎じゃないかね」

そう家族でも話すようになっていた。「お父様には心配かけたり出来ないね」というのが家族の合言葉になった。

体調の良い時、父は姉に英語を教えるのが楽しみのようで、姉も父のお陰で女学校では英語の成績は抜群とのことだった。父は姉をよく可愛がり、姉は父を敬い慕っていた。

その姉も女学校を卒業すると、英語を活かせる仕事にと、母と同じ職場の米軍関係のＣＣＤに入職し、福岡に出て母兄と三人で暮らすことになった。

田舎の家は、病身の父と小学二年の弟と中学一年の緑の三人の生活となった。当然のことながら緑が主婦代わりである。父の症状は気分の優れない日が多く胃痛が続いていた。

父は緑や弟に勉強を見てやるような余裕はなくなっていた。特に夜中に発作が起こると、唸りながら身体をよじるようにして腹をさすっていた。父のシャツは腹のあたりを手でさするため薄くなり破れるため、母が別の布をあてがっていた。夜中の発作が起こると、すぐに死んでしまうのではないかと思う程だった。

発作がひどい時、緑は夜道を歩いて医者を呼びに行った。医院は二つ向こうの集落で、小学校を挟んで各々二キロ位の距離があった。夜道は恐い。街灯など全くない時代である。特に恐がりだった緑は、近道を通ることは出来なかった。近道は赤レンガに囲まれた墓地の間の細い道を抜け、橋を渡ると森があり、森の中には避病院（伝染病専門病院）があると聞かされていた。昼でも何かしら無気味さを感じていた。

小学校の前を過ぎると医院へ向かう一本道であるが、その途中には神社や森や祠があり恐い伝説もあった。この道は恐ろしくて選べなかった。遠回りになる道は集落の北端から開墾地を通る新しく出来た一本道だった。飛行機を運搬するために造られたという噂だった。道路の両側はさつま芋畑が広がり、遠くに森がシルエットとなっている。月明りで遠くまで見通せたので、誰一人通らない夜の道はむしろ恐ろしくなかった。

開墾地を抜け人家が多い通りを過ぎると医院に到着した。玄関は閉まっていたので大声で「お願いします」と叫んだ。しばらくして年輩の女性が現れた。奥様だろうと思えた。緑は父の病状を説明し先生に診ていただきたいとお願いした。奥に入っていってしばらくして同じ女性が現れ薬袋を手渡された。医者には往診に来てもらえなかった。

緑は同じ道を急いで帰宅した。父は発作がおさまったのか眠っていた。弟が心細そうに待っていた。入浴もしないまま弟と枕を並べて床に就いた。弟は間もなく眠りに入ったようだが、緑はなかなか眠れなかった。

今後どうなるのか、父の病状とともに自分の将来が見えなかった。

母は米軍関係の恵まれた職務で給料もよく、土日が休みだったので毎週金曜日の夜帰宅し、田舎で暮らす三人の身の回りの世話や近所へのお礼などで目まぐしい土日を過ごし、日曜日の夕方か月曜日の早朝福岡へ戻るという、身体を休める暇もない二重生活を送った。月曜日の朝福岡市の職場に出勤するためには、駅まで三十分田舎の田圃道を歩き、支線から本線の電車に乗り換えなければならない。本線では職場の専用車輌があったらしく、満員電車からはみ出して乗り遅れるということはなかったようだ。病気の夫と子ども二人を田舎に残しての福岡での二重生活は、どんなにか大変なことだろうと、母が病気で倒れはしないかと心配だった。

母が働きに出る前は、母がリヤカーを引いて薪を隣村の製材所に買いにいっていた。緑はよくついていって後押ししたり、いっしょに引っぱったりしていた。台所の窯も風呂沸かしも薪に不自由はしていなかった。

母が勤めに行き、薪にも不自由するようになった。ある日、弟が鼻緒の切れた男下駄を拾って来た。「これ燃えるでしょう」と得意顔だった。緑はとっさに、「そんな他人が捨てた履物を拾って来るなんて。すぐ捨てて来なさい」と強い口調で叱った。弟は怪訝そうな表情で泣きそうな顔をした。緑はすぐに、強い口調で弟を叱ってしまったことに気づいた。弟は良いことをした、褒められると思っていたのだ。叱られた意味がわからないのだ。緑は弟に「叱ってごめんね」と謝ったが、弟は腑に落ちない顔をしていた。

日頃大変苦労させているからと、母が弟と緑を福岡に連れて行ってくれることがあった。小遣いをもらい、街を歩き、買物をして帰るのが楽しみだった。弟は母がどこかへ連れていき、緑は一人で一日中楽しんだ。三角くじを引いたりデパートの屋上で遊んだりした。

クラスメートの中で裕福な友達がいた。吉屋信子の少女小説を次々に買ってもらっては持って来たので、クラス中で回し読みしていた。吉屋信子の書く少女小説は、夢の世界だった。私も時にはあのような本を買って皆に貸したいと思っていたので、今日はぜひ買いたいと思った。しかし気づいた時には手元には六十円しか残っていなかった。六十円で買える本を探した。少女向けの美しい表紙の本は皆八十円以上だった。諦めずに六十円で買える本を探した。帰宅の時間が迫る中、六十円で買える本は『恐竜の足音』という本だけだった。緑は恐竜には関心も興味もない。友人たちも多分そうだろうとは思いながら、何か一冊は買って帰らなければという思いの方が強く、仕方なくその一冊を求めた。緑のジャングルの中から恐ろしげな恐竜が姿を現している絵が表紙だった。

案の定家に帰っても、自分も読まなかったし学校へ持っていく勇気もなかった。結局は本棚の一番隅に立てられたまま開かれることはなかった。

また、福岡でお小遣いを貰って一日中遊んで夕方になったことがある。母の借間へ帰る途中、「闇市」があり、露天の店が沢山並んでいた。古着やポン菓子の店の横で一際大声で客を誘う声が耳に入った。何の病気にも必ず効くという口上は、人を納得させるものがあった。口上の中に父の病状も含まれていた。一袋百円という小粒の錠剤を、緑は父のために求めたいと思った。しかし手元にはもう二十円しか残っていない。夕暮れが迫り、屋台は次々に片付けられ始めた。「六神丸」という旗も仕舞われた。一時間余りも口上を聞きながら、手元のお金が足りないのを悔やんでいた。客がいなくなり大声で口上を述べていた店主も店を片付け始めた。緑は勇気を出して父の病状を説明し、二十円分の薬を分けて欲しいと必死に頼んだ。店主の男は少し困惑した様子だったが、男は「お金はいいよ、お父さんを大切にネ」と言って一袋手渡してくれた。嬉しいのと恥ずかしさで、お礼もそこそこに夕暮れの道を急いで母と姉のいる借間に帰った。

母と姉は緑の帰りが遅いことを心配しながら待っていた。「六神丸」を待って買ったことを話すと姉は、「そんな薬効くはずないよ。ガマの油と一緒よ」と言って笑った。母は、「お父様のことを思って買ったのね」と笑いながらも優しく褒めてくれた。緑は、少しは嬉しかったが、自分の愚かさに気づかされ恥ずかしくなった。急に薬の効き目もなくなった気がした。

帰宅して父に経緯を話しながらおみやげのつもりだったと言って「六神丸」の紙袋を渡した。父は「そうだったか」とひと言って嬉しそうに受け取ってくれた。薬の効き目はなかったようだ。

家を売って福岡へ

福岡と田舎の二重生活は将来的に長く続けることは出来ないと、母は父に朝倉の家を売って福岡に出て来ることを勧めていた。しかし父は、生まれ育った家で執着も強く、庭木一本にも思い出が宿っているようで、なかなか決断は出来なかった。父は八人兄弟の長男として、この家を守る責任も感じていたようだ。父の妹たちからも「里がなくなる」と猛反対を受けた。母は攻撃の矢面に立たされた。

「お姉様はここで生れ育ってないから、私たちの気持がわからないのでしょう」

と責め立てられ、母も自分だけの気持ちで決行することは出来ず、結局先延ばしとなり二重生活は続いていた。


ある日の午後、父と同年輩の男が訪ねて来た。

胸に金バッジをつけている。新しく出来た選挙制度で、その年村会議員に当選したばかりと聞いたことがある男である。父からは、昔はうちの敷居をまたがせたことはないと聞かされていた。横柄な態度が見え、嫌な予感がした。何の用事だろうと思っ

ていると、

「トシしゃんはおるな？」

それは無理に虚勢を張ったようなぞんざいな口のきき方だった。緑は、父が座敷に寝ていることを告げた。男は裏庭に回り、父が寝ている座敷の廊下の縁に腰掛けた。

「身体はどうな？」

とやはり横柄な口のきき方である。父は黙って何も答えず寝ていた。男はしばらく家の中を見渡した後、立ち上がって土蔵に入って行こうとした。緑は男を制止した。

「何の用ですか？　蔵に入ってはいけません」

強い口調で男を遮った。蔵の二階には赤胴の鎧(よろい)や甲冑、裃など先祖伝来の品々が納められ、一階には箱に入った漆器や大皿など食器類が沢山置かれていた。男は無理に入ろうとはしなかった。再び座敷の縁側に戻ると、男は黒の革靴を脱ぎ、父の枕元の床の間に飾ってあった兜(かぶと)を手にとり見まわしていた。

「これもろうていくばい」

男は父に向かって、もう決めているというように言い放った。当然父は男の放言に怒り、拒否するだろうと緑は父を見つめた。父は、

「好きにするがいい」

と弱々しい声を出した。緑は言葉を失い、父を黙って見つめていた。

た。

「鶏の餌入れにちょうどよか」

男は再び父に聞こえる程の声で言った。父は黙っていた。このように自尊心も誇りも気位も失ってしまった父を見るのは、初めてだった。緑は情けなく悲しく哀れだった。

そんなある日、突然父が近所の人に屋敷を売ると話したのである。しかも極端な安値を提示したらしく、売却はすぐに決まってしまった。そのことを聞いた母は驚き、そしてその値段の低さに困惑してしまった。予定していた金額には遥かに及ばず、母は買い手に再交渉を試みたが、「先生がこの値段でと仰言ったので」と、値段交渉にそれ以上は取り合ってもらえなかった。

そういうこともあり、福岡の土地購入と家の新築は急に進んだものの、家は山小屋のような木造のバラックのような二階建てしか建てられなかった。

家の引っ越しの日、福岡の家は小さいから必要最小限の物しか持っていけないと言われた。兄と姉は福岡に残ったままだったので、引っ越しの荷造りや持っていく物を決めるのは父と母と緑と弟で進めた。近所の人たちも手伝いに来てくれた。蔵の物は全部そのまま置き残された。蔵の二階の家の宝物も置き去りにされた。緑には後ろ髪を引かれる思いが残った。せめてもと、天井裏に戦時中隠してあった刀類七本を敷布で包み、祖父の書斎の袋戸棚の古い和とじの本や掛軸、書画、古文書などを箱に押し込み、そして二本の槍は座敷の長押(なげし)から下ろして、そのままトラックに積み込んだ。これらの物は、緑が父から聞かされていた先祖が培い築いてきた我が家の誇りと宝物だと思っていた。

庭にあった二つの石碑は石屋が引き取るとのことで、刻まれていた文字が削り取られると思うと悲しかった。しかし一個は隣村の寺の境内に移設されたと、後日報告を受けた。

福岡の家にトラックが着いた時、箱一杯に詰め込んで来た古文書などを、兄はごみのように捨てようとした。兄は先祖の偉業や歴史にあまり興味を持っておらず関心がなかった。緑は兄を制止し、自分が保管しようと心に強く誓った。

(その後これらの「お宝」は母と相談して全て福岡市の博物館に寄贈した。五百点以上あった。)

中卒時の進路、夜学と就職

中学三年の始め、朝倉から福岡市内へ引っ越した。転校に際し中学の担任の先生からは、都会の学校は田舎と違い皆よく勉強しているからレベルが高いので、負けないでがんばるようにと励ましを受けた。そんなにレベルが違うのかと不安を覚えながらも、がんばろうと決心していた。仲良しの級友たちと別れて転校することは淋しく辛い思いをしたが、仕方ないことだった。

転校した中学はマンモス中学で、一学年が十二クラスもあった。青年学校（戦前、中学校、高等女学校、実業学校などの中等教育学校に進学をせずに勤労に従事する青少年に対して社会教育を行っていた教育機関）だったという、古い木造二階建ての雑然とした雰囲気の学校だった。中学三年だったので修学旅行が予定されていた。まだ友達も出来ず旅行代の積立てもしていなかったので、緑は修学旅行には参加しない選択をした。本当は、家庭の経済事情を考えると旅行には行くべきではないと自分で判断し決めたのだった。転校前の学校でも、修学旅行には一緒に行こうと誘われていたが、転校するのでと、行きたい気持を抑えて断ってきたのだった。結局どちらの学校の修学旅行にも参加しなかったのである。

中学三年では、高校への進学組と就職組とにクラスが分離した雰囲気になってしまっていた。進学組は受験勉強に集中し、就職組はあまり勉強しなくなっていた。就職組は、ほとんどの生徒が毎年近くの靴工場へ就職していた。

その頃、定時制高校から学校の説明と生徒を募集する機会が設けられた。働きながら高校に行けるとのことである。緑は引きつけられるようにその説明に聞き入った。昼も夜も同じ授業を受け、同じ単位が取れる。昼は三年で卒業出来るが、定時制は四年かかるとのことである。緑は心が動かされた。一年の違いぐらい一生の中では小さなこと、すぐにとり戻せる。自分は働きながら定時制に行こうと決心した。そんな訳で、緑はクラスの中では進学組でもあり就職組でもあった。進学への勉強に励む一方で、就職先を探すことになった。クラスの中で定時制を志望したのは、緑だけだった。

間もなく担任の先生が家庭訪問に来られ、両親に緑を昼の高校に行かせてやってほしいと頼まれた。両親は緑が夜間の定時制を申し込んだことを知らなかったので驚き、そしてもちろん昼の高校に進学するように勧めてくれた。しかし緑の決心は変わらなかった。その頃家計は逼迫していた。父が田舎の家を安く売ってしまった上に、福岡で家を建てた土地が詐欺に遭っていたのである。地元の農地委員をしていた男が書類を偽造し、持ち主に無断で売却して代金を着服していたのである。

地主が他県の人物であったため発覚が遅れたらしい。ある日地主が訪ねて来られ、「他人の土地に無断で家を建てている。すぐに立ち退くように」と迫られたのである。わが家にとっては寝耳に水の話であった。結局は、「お宅に悪意がなかったことがわかったので、家を建てている部分だけは譲りましょう」ということで、三百坪程買っていた土地のうち、八十坪程を再び買い取り、あとは返却させられたのだった。八十坪の代金は地主に払わなければならなかった。そのような時に父の胃痛は再燃するのである。「お父様には心配かけられない」というのが、一層わが家の不文律のようになっていた。

父の病状は改善することはなく、医者を信じなくなった父は専ら漢方薬に頼り、次々と母に漢方薬を買いに行かせた。薬代に相当お金がかかっていたようであったが、母は愚痴を言わなかった。

追い打ちをかけるように、母と姉が働いていたＣＣＤの職場が解散となった。二人一緒に失業である。緑は母の苦労する姿を見ていた。少しでも手助けをしたい。母を楽にさせてあげたいという一心だった。

昼間が三年のところを四年すれば同じなのだ。一年位の差はすぐにとり戻せるとの思いはゆるがなかった。

就職試験は二カ所受けた。最初に受験したのは紙器の会社で、菓子箱などを作る工場のようだった。急行電車から市電に乗り継いで五駅程先にあった。事務員か工員かわからなかったが、どちらでも良かった。面接の後、社長からぜひ来てくれと合格の返事をもらった。

二つ目は市役所の地下にある印刷所だった。事務所も工場も本庁舎の地下にあり、工場では真黒な二台の輪転機が動いていた。市役所は駅から近く、夜間高校に通学するには便利が良かった。結局紙器会社を断り、印刷所に就職することになった。この印刷所は市役所の印刷物を一手に引き受けているようだった。

緑は事務経理の手伝いや時々は印刷工場で活版の版組を解く解版や、インク油で汚れた鉛の活字をバケツに湯を満たして洗浄するような仕事も次第に慣れていった。「活字」が足りなくなると活字屋に買いに行く。そんな外出も楽しみだった。所長は株をしていたらしく、よく夕刊を買ってくるよう頼まれた。これも楽しい息抜きだった。市役所は三階建てで、薄暗い廊下の両側に多くの課が並んでいた。エレベーターはなく階段だった。

印刷物の校正原稿を受け取りに行ったり、印刷物を届けたりするうちに、市役所全体の様子がわかり、声をかけてくれる職員も増えた。刷り上がった印刷物を抱えて注文先の課へ配達することは、緑にとって楽しみの一つになっていた。職員の中には緑より少し年上らしい若い女性も働いていた。緑にはそのような女性たちが眩しく、憧れの存在に見えた。

配達する印刷物は中身がわかるように、梱包した上に出来上がった印刷物が一枚貼ってあった。ある日人事課に届けることになった印刷物に目が止まった。「職員募集」と書かれた用紙である。廊下に立ち止まって梱包に貼られた一枚の印刷物を丹念に読んだ。なぜか心臓が高鳴った。緑は中学を卒業したばかりの就職一年生、定時制高校の一年である。しかし募集要綱には、受験資格に「高校卒業」とは書いてなかった。受験出来るかも知れない。そう思うと胸のドキドキは止まらなかった。

人事課に印刷物の梱包を届けると、恐る恐る精一杯の勇気を出して聞いてみた。そして学歴の制限はないと言われた。受験して良いのだ。緑はさっそく受験申込書を提出した。戦後の地方公務員制度が出来て、初めての採用試験だったかも知れない。受験は翌月の日曜日、近くの中学校で行われた。校庭には幅広い年齢層、いろいろな服装の男女が集まっていた。和服姿の女性や軍服姿の男性の姿もあった。緑は合格出来るか不安だったが、結果は合格だった。印刷所には半年程勤めたことになった。その年の十月から市役所の職員（事務員）となったのである。十五歳で高校一年生の公務員となり、誇らしい気分になった。初任給は月給本俸三千七百二十五円であった。印刷所では日給百円だったので、大幅にアップしたことになった。

配属先は厚生部庶務掛（かかり）という、社会課と福祉課の二つの課の庶務を担当する掛である。福祉課には援護掛、住宅掛、失業対策掛があり、社会課には児童福祉掛と生活保護掛があった。援護掛は軍人や遺族、傷痍軍人関係、失業対策掛には日雇い労働者など、訪れる市民は戦後間もない社会の中で喘ぎ苦しんでいる人たちのようだった。援護係長は自身が戦傷者で、左腕は義手だった。

厚生部は本庁舎の裏の木造平屋建ての中別館にあった。急いで歩くと床が軋む感じだった。社会課と福祉課に挟まれるように厚生部長室と庶務掛があり、緑は庶務掛八人程の末席で、部屋の入口に一番近い位置だった。文書の受け付けや雑用の他に、部長室への来客へのお茶出しも大事な仕事のようだった。

福祉課の中央にはダルマストーブが据わっており、冬は石炭が燃やされていた。どこの課でも一番若い女子職員が始業より一時間程早く出勤し、床の掃き掃除、全職員の机の拭き掃除、タバコの灰皿、ごみ箱の処理、そして職員が出勤してくると一人一人にお茶を配るのである。福祉課と庶務掛は同じ部屋だったので全員で五十人程の職員がいた。

配属されて最初の仕事は全員の各々の湯呑みを覚えることから始まった。

緑は毎朝始業一時間程前に出勤し、これらの仕事を済ませると、やっとはじめて事務職員としての仕事が始まった。事務は丁寧に字を書き、計算は間違いのないように注意を払った。夕方五時に終業すると、夜の定時制高校へと急いだ。職場でも学校でも充実した楽しい日々だった。昼は弁当を持参し、食べ終わると学校の勉強に専念した。職場は五時の終業時刻が過ぎてもすぐに帰る職員は少なく、残業する人が多かった。緑は仕事の内容からしても残業することはなかった。与えられた仕事は全て五時前に終わるので、残業など考えたこともなかった。それよりも夜は学校に行くのが当然の習慣となっていた。市役所の職員という公務としての仕事を、定時制高校生という二足のわらじを履きながらも気持は学業優先だった。紺色のスーツという学生服に運動靴、髪はオカッパでパーマ気も化粧もしていなかった。自分では何の不自然さも感じていなかった。

ある日、同じ係の五歳程年上で日頃から仕事のことを細かく教えてくれる先輩女性から声をかけられた。

「あなたは学校に行くために働いているの？　それとも働く間に学校に行こうと思っているの？」

そう問われたのである。つまり仕事優先か、学業優先なのかとの問いである。

「学校に行くために働いています」

緑はそう答えた。すると先輩女性から、

「正職員なんだから、仕事優先じゃないの」

と少し強い口調で問い返された。緑は何も言えなかった。そうかも知れない。仕事って重いものだ。責任があるのだ。残業が必要な時は学校を休んででも仕事を優先しなければならないのかも知れないと思った。緑は初めて公務員として正職員になった仕事の重みと責任を自覚させられた。

学校は三学期制で、各々中間テスト、期末テストなど年六回のテストが定期的に容赦なく行われる。クラスメートの中には自営業の手伝い、臨時職員、家事手伝い、農業など時間の都合をつけやすい人も多かった。責任が軽く時間が自由になりやすい仕事の方が良かったのかも知れないと少し後悔の気持も芽生えた。公務員として正職員になった喜びと誇り、しかしこれには責任が伴うものだという重さの間で、悩み揺れ動いた。

いつものように昼休み、自分の机で本を読んでいると、誰かが立ち止まった。印刷物を運んでいた頃に見覚えのあった三階の課長だった。誰かを訪ねて来たらしい。黙って続けて本を読んでいると、いきなり緑に向かって声をかけて来た。

「おいお前、給仕で入ったんだろう。タバコ買って来い」

その虚勢を張って他人を見下すことに快感を覚えているような態度が、緑のなかで、田舎で家の座敷から鉄兜を持ち去った男と重なっていた。緑は顔を上げたが、上司でもない人物に命令されることはないと思って黙っていた。

「私は給仕ではない。試験に合格して公務員になったのだ」

緑は心の中でそうつぶやいていた。

男は緑の様子に気圧(けお)されたのか、用事を思い出したような素振りで出て行った。

定時制高校一年頃

定時制高校三年頃

定時制高校二年頃

定時制高校の授業風景

手前が緑

公務員制度が出来る前は「給仕」という職種があったようだ。きっとこのように蔑(さげす)まれて扱われていたのだろう。しかし試験を受けて公務員になり「給仕」ではなく「事務員」の辞令を貰いながら、現実は変わっていないのではないかと思った。一時間早く出勤し掃除や男性の灰皿やごみ箱の処理、お茶汲みなど、昔の給仕と同じなのではないかという疑問を緑は抱くようになった。

土曜日は午前中で仕事は終わる。いわゆる「半ドン」である。月に一回程度、ある局長が私物のレコードとプレイヤーを持参され、会議室でレコードコンサートを開催されていた。希望者は自由に集まって聞くことが出来た。曲目はクラシックで、ベートーベンやモーツァルトなど。二時間余りだったが毎回楽しみだった。

コンサートが終わると、数人で近くの喫茶店に誘われコーヒーをご馳走になった。夕方からは学校に行くことを気遣って、サンドイッチやケーキを付けて注文してくれた。コンサートで顔を合せる人たちは皆、緑に親切で優しく接してくれ、出張のおみやげと言って南部鉄の風鈴やコケシ人形、菓子、香水などをプレゼントしてくれた。

定時制の高校は一学年二クラスで、各々三十人位の人数で、女性は一クラスに三〜四人程度だった。職業も様々で鉄工所の工員、自衛官、ガソリンスタンド勤務、ガードマン、郵便局員など、女性は臨時事務員や店員などが多く、年齢も二十歳代から四十歳代位まで幅広かった。

授業科目は昼間と同じで、国語、数学、生物、物理、化学、社会、日本史、世界史、一般社会、英語、体育、など各々の教科担任による熱心な授業が行われた。クラブ活動も活発で、夜九時の授業終了後、体育館で卓球やバスケ部などが活動し、土曜の午後や日曜日はテニス部が練習に励んだりした。定時制高校同士の対抗試合も行われた。

しかし緑は、何と言っても勉強の時間が足りないことが残念でならなかった。毎日が通勤と通学で忙しく、楽しく充実した生活ではあったが、遊ぶ時間はほとんどなかった。映画を観に行くことなど考えられず、職場で若い女性たちが俳優や歌手などの話を始めると、全く知らないことばかりでつい黙ってしまうのだった。自分の教養に対する劣等感と不安感に陥り、将来に対する焦りのようなものを感じ始めていた。

はじめての人事異動

はじめての人事異動先は、小さな支所の戸籍係だった。支所は毎日夕方通っている定時制の高校へは歩いて行ける距離だった。

戸籍係の仕事は窓口に座り、出生届、婚姻届、死亡届などを受け付けたり、戸籍謄抄本の発行だった。当時はコピー機などなく、戸籍謄本などを発行する場合は、一字一字原本から書き写すのである。ガラスペンに綿花に浸した墨汁をつけて書く。ガラスペンは少し力を入れるとプチッと先端が割れ落ちて使えなくなる。複数枚の場合、カーボン紙を挟んで書くので、どうしても力が入る。戸籍謄本の発行は手書きのためすぐには出来ず、翌日か翌々日に取りに来るように伝える。受け付けの合間に原本から書き写す作業は、時間が足りずに困ることが多かった。支所は土曜日の午後と日曜日には当直があった。緑は学校の勉強が出来ると思って進んで当直を引き受けていた。しかし当直を戸籍謄本を作成する時間に費やさなければならないのが悩みだった。

しばらくして「青写真」というコピー機が導入された。感光紙と呼ばれる薄黄色の用紙を原本と合せて機械に通し、液体を通すと炙り出しのように紫色の文字が浮かび上がるのである。戸籍謄本の書き写しにかかる手間が省ける画期的な改革だった。

支所に二年程勤務した後、本庁の戸籍係に転任となった。本庁では戸籍の原本に必要事項を記載する係である。係は四人だったが、三人の先輩は字が上手で、丁寧に一字一字を書き込まれていた。原本記載の仕事は誤字や記入間違いが許されない。間違った場合、修正液を使ったり、削ったり、紙を貼ったりすることは決して許されなかった。原本の本分の欄外に一字削除・一次加入とか書き添えるので、戸籍が汚れると言って嫌われた。間違うと係長から厳しく注意された。気が引き締まる仕事だった。


その頃本庁の昼休みの屋上は、フォークダンスやバレーボールで賑わっていた。緑もフォークダンスを楽しんでいた。

ある日フォークダンスが終わって職場に戻る途中の階段付近で、一人の青年から花柄の紙袋を渡された。プレゼントと言われた。フォークダンスで顔は知っていたが、特別な好意は感じていなかった。唐突な行為に思わず品物を受け取ってしまい、職場に戻って開けて見た。花柄のハンカチとソックスが入っていた。横で見ていた先輩の女性が、「誰から貰ったと?」と聞いてきた。緑は「〇〇さん」とその青年の名前を言った。「あんたを好いちゃるったい」と、先輩の女性は冷やかすような笑顔を見せた。

緑はそのプレゼントを翌日返すことにした。気が重かった。直接返す勇気はなかった。事務用の茶封筒に入れ、「いただけません」という簡単なメモを添えて、その青年の事務机の上に置いて帰って来た。それ以来、フォークダンスに顔を出せなくなってしまった。

東京の大学と「数学」への夢断たれ

それは定時制高校三年の初め頃だった。昼の高校に進んだ同級生たちは大学受験の年になっていた。

緑は、一年遅れで自分も大学受験だと進学への夢を膨らませていた。地元なら、アルバイトをしながら昼の大学に自宅から通えるかも知れない。医者になる夢はもう諦めていた。親戚の人が医学部に通っていたが、医学部は実習や勉強が忙しく、アルバイトなど全く出来ないと話していた。また高校での勉強量が足りないことも自覚していた。緑は理学部を目指そうと思っていた。数学のおもしろさ、奥の深さに興味を覚え、三次元、四次元の図表を空想し、「立体統計」という造語を勝手に考えたりした。ミクロ・マクロの世界の追求もおもしろいと思っていた。まだ入口にも就けていない数学の専門の分野は未知の世界ではあったが、入り込んでみたい世界だった。

ある日授業が終わった後、職員室に担任の教諭を訪ね、大学受験について相談した。担任はしばらくして困惑気味に口を開いた。

「昼の生徒とは勉強量が違う。昼の生徒は昼勉強し夜も勉強している。夜の生徒は昼働いて夜限られた時間しか勉強出来ない。自ずと学力の差が出る。当然のことである。教科書も違うしね」と。

緑は頭を撃ち抜かれたような衝撃を覚え、わが耳を疑った。「教科書が違う」なんてありえないと思った。教科書が違うなんて初めて知った。昼の生徒と同じ内容で学んでいるものと信じ込んで来たのだ。昼の生徒が三年のところを四年かければ、全く同じだと信じ込んで来た。目の前が真っ暗になり倒れそうになった。

その場をどのようにして去ったのか全く覚えていない。学校からの夜道を電車にも乗らず大声で泣きながら帰途についた。家で泣いた顔を母に見せることは出来ない。心配をかけるだけだから。泣き腫らした顔を拭い、「ただいま」と精一杯の声を出した。そして母に顔を見せないまま、「先にお風呂に入る」と言って風呂場へ駆け込んだ。また涙が溢れてきた。洗面器に何杯も水を汲んでは頭からかぶり続けた。水をかぶりながらも涙は止まらなかった。

母が水を出し続けている異様さに気づいたらしく、「どうかしたの？」と声をかけてきた。「どうもしてないよ」と答えた。「ご飯用意してあるからね」と言われ、食事はいらないとは言えなかった。泣き腫らした顔に母は気づいていた。母は職場で何か嫌なことがあったのかと聞いてくれた。母は中学卒業と同時に働き始めた緑を何かと気遣っては慰めたり励ましたりしてくれていた。

「働いていると、いろいろ嫌なこともあるものね」

と自分が以前働いていた職場で起こった問題や、辛抱出来ないような辛かったことなどを話してくれた。

緑は、自らが定時制高校を選んでしまった失敗を母には話せなかった。母を苦しめるだけだ。自分自身で選んでしまった道ではなかったか。しかし、悔やまれてならなかった。学問への情熱が萎んでいくのを感じた。「教育の機会均等」とは何ぞや？憲法で保障されている「平等」とは何か？　緑の頭の中は、出口のない絶望の壁に塞がれてしまっていた。

自分が選んだ道は間違っていたのだ。とり返しのつかないことをしてしまった後悔の念に打ちひしがれていた。

中学卒業の頃、緑は家の事情を勝手に察し、担任の先生も両親も昼の高校を勧めてくれたのに、それを振り切るようにして自分で定時制を選んでしまったのだ。誰のせいでもない。自分自身の責任であると思った。緑が中学を卒業する前の年、母と姉が勤務していたＣＣＤというアメリカ占領軍関係の職場が突然解散になった。家の大黒柱が二つとも急に職を失ったのだ。姉は、英語力を活かしてすぐに他の職場に就職し家を出た。母は、市役所の外人登録の臨時職員をしたり、料理学校の事務で働いたが、以前勤めていたＣＣＤと比べると収入は激減していた。あの頃家計が豊かだったら、父が病気でなかったら、このような選択はしなかったであろうと思うと、やはり憲法の下での平等など現実はそうはなっていないと思えた。

貧富に関係ない教育の機会均等も、現実は違うということを肌で感じ始めた。

職場での男女差別も同様に思えた。

通学に使う電車の駅のホームの横に、畳一枚程の掲示板が立っていた。模造紙に達筆な筆字で世相批判のようなことが書かれているのが駅のホームから見ることが出来た。人々の暮らしや貧困、戦争や平和についてなど、内容には同感出来ることが多いと感じられ、平和や民主々義については、アメリカの占領による日本の基地問題など多岐にわたっていた。「アメリカ帝国主義」という言葉が使われていた。アメリカは帝国なのか？　大統領は帝なのか？　などわからないことが多かった。その壁新聞の横には、自由に持ち帰ることが出来る新聞が置いてあった。「アカハタ」と書かれた共産党の新聞だった。

世界史の授業で、ヨーロッパで世界的恐慌が起こり、マルクス、エンゲルスが『共産党宣言』を発したと習った。さっそく世界史の先生に共産党宣言の中身を読んでみたいのでどこに行ったら見られるのかを尋ねた。先生からは「そんなものは読まなくて良い」と断られてしまった。マルクスの『資本論』やマルクス、エンゲルスの『共産党宣言』は、世界恐慌が起こった中で世の中をどのように変えようとしたのか、世の中の矛盾を切り拓く言葉が書かれているのではないかと思われた。


職員労働組合の役員がオルグ（宣伝・勧誘活動）と称して、各職場に来てはよく演説をしていた。いつも一番わかりやすい言葉で演説をする書記長に頼んでみることにし、『共産党宣言』というものを読んでみたいのでどこにあるのか教えてほしいと尋ねた。その書記長の男性は自分が持っているので貸してあげようと言い、翌日届けてくれた。ザラ紙は茶色に変色し、表紙は破れそうな薄い冊子だった。大事に持ち帰って学校が終わった後、帰宅してゆっくりと開けてみた。

最初から「ブルジョアジー」とか「プロレタリアート」とか、日頃馴染んでいない単語や意味のわからない言葉が沢山使われていた。「ひとつの妖怪がヨーロッパを動きまわっている」という書き出しの文章や内容もよく理解出来なかった。それ以上読

み進む気になれなかったので翌日書記長に返しに行った。書記長は、

「あれは理解出来なくてあたり前。日本語になっていないし、内容も理解しにくいものだ」

そう言って、もう少しわかりやすいものをと次の日に別の本を届けてくれた。やはりエンゲルスの『共産主義の原理』という本だった。解説書のもののようだった。これもわかりにくかった。緑は出口が見えない迷路の中で進路を探し求めていた。

生き方を模索する日々、そして政治活動へ

緑は出口が見えない迷路の中をさまよい、進むべき道を探し求めていた。

「教育の機会均等とは何ぞや？　……」

「平等とは？　……」

「人権とは？　……」

世の中の現実と憲法の条文の間でさまよっていた。

緑の座右の本は『新しい憲法のはなし』という中学の副読本であった。今の政治は憲法を守っていないのではないか、政治は憲法を守り実現する義務があるのではない

か、それがなぜ実現しないのか、などなど疑問が次々に湧いていた。

駅のホームから読む共産党の壁新聞に共感を覚えながら、次第に政治への関心が強くなっていった。

その頃日本は、吉田茂内閣によるアメリカとの単独講和条約締結と米軍の駐留という従属関係を強めていった。そして国鉄の労働者の大量人員整理が発表されると、次々に不可解な事件が勃発した。下山事件、三鷹事件、松川事件などである。下山事件は当時の国鉄の総裁が轢死体で発見されるという衝撃の事件だった。三鷹事件、松川事件とも列車転覆事件として国鉄労働者が逮捕された。労働者を弾圧するための謀略であったことが判明し、彼らは無罪となった。

九州の大分でも、同じように駐在所に火炎びんを投げ込んだとして共産党員当初二名が逮捕されたが、後日逮捕されたのは現職の警察官で、偽名を使っての謀略であったことが明らかになった。菅生事件である。

松川事件の犯人とされていた青年たちが無実を訴え、全国行脚オルグを続けていたとき、緑たちは支援の輪を広げ、職員会館や労働会館で宿と会場を提供し応援した。このように、実に信じがたい恐ろしい事件が続いていた。

アメリカ一辺倒の吉田内閣を批判する形で、民主党の鳩山一郎総裁が台頭して来た。ソ連や中国との国交を回復して、アジア諸国との連携を強めようとする方向のようだった。民主党の鳩山総裁の演説会が近くの公会堂で開催された。日曜日だったので緑は聞きに行った。

「民主党」という名前から民主々義を実現しようとしている政党であろうと期待した。しかし、演説の内容は緑が期待したものとはかけ離れており、他党への批判が多く自党の理念はあまり語られないことに失望した。選挙戦前だったせいかも知れないとも思った。部落解放同盟の県の大会にも傍聴に行った。薄暗い会場には茨の輪が描かれた旗が林立していた。差別をなくし平等を実現しようとしている団体であろうと期待した。しかし次々に壇上に上がる男女は結婚に反対された訴えばかりで、違和感を覚え途中で退出した。

平等で民主々義が実現するためにはどうすれば良いのか？　政治を変える、世の中を変える、それにはどうすれば良いのか？　緑の模索は続いた。


緑は職場にある不平等や不合理を少しでもなくしたいと思っていた。

どこの課でも職場では男性優位で、責任ある仕事は専ら男性にさせ、女性は窓口事務や文書の整理、少し上がると経理という内容であった。企画や判断を必要とする仕事は男性へ、女性は単純な仕事で男性の指示に従うという従属的存在であった。昇任・昇格も女性には縁遠く、女性自身もそれが当然のように受け入れていた。先輩女性たちは「女学校」で良妻賢母の教育を受け、男性を立て、男性に従うという観念が身についているようだった。

緑は終戦後新制中学一期生として男女共学の中で民主々義教育をしっかりと受けて来た。先生たちも手さぐりのようだった。そのような中で『新しい憲法のはなし』という小冊子を基に、平和、民主々義、平等ということを学んで来たのである。「男女平等・男女同権」という言葉が身についている緑にとって、先輩女性たちの価値観に戸惑うことも少なくなかった。

仕事関係の会議でも、会議に出席するのは男性ばかりで、女性はその場のお茶汲みが役割だった。職場で一番若い女子職員は、早朝一時間位前に出勤して床を掃き、全員の机上に雑巾をかけ、男性の机上の灰皿を洗い、ごみ箱処理（ごみ捨て）を終わらせ、出勤して来た職員一人一人にお茶を配るという当時の慣習のことは既に書いた。中でも灰皿はヤニ臭く、ごみ捨ては痰や鼻をかんだ紙などを手で掴むので苦手だった。お茶汲みのお湯は地下の給湯場で湯を汲み、大きなアルミのヤカンを提げて上階の課まで運ぶのである。緑はこのような状況から早く脱したいと思っていた。

当時組合には青年部と婦人部があった。青年部は三十歳以下の男性で組織され、婦人部は女性全員である。緑は婦人部という名称に馴染めなかった。「婦人」というイメージは「おばさん」という印象で、女性であっても婦人部より青年部の方に親近感があると思え、青年部に女子部をつくってほしいと訴えたが、一笑に付されてしまった。

まだ夜間高校も卒業前で、化粧気もなく、髪は三つ編みにしたり二つに分けて結んだりした緑の紺のスーツ姿は高校生そのものだった。正に公務員とは名ばかりだと、自分の姿を見る度に自分が一向に成長していないと自覚を新たにした。

入職して五年が経った頃、「吏員昇任試験」というものが行われた。職員全員に回覧のような形で受験の募集が行われた。受験資格の欄に最初に目をやった。「大学卒業」とは書いてない。採用試験と同じように恐る恐る人事課に出向き問い合わせてみた。受験して良いとのことだった。これに合格すれば、「事務員」から「事務吏員」になるのである。適用される年金制度が変わるとのことだったが、緑にとって年金などは程遠い話で、どうでも良いことだと思えた。それよりも仕事の内容が変わり、お茶汲みから脱したいという期待の方が大きかった。

昇任試験の受験は自由だったが、先輩女性たちはほとんど受験しようとしなかった。

試験会場は五年前受験した時と同じ会場で、受験者は若い男性が多かった。大学卒業で入職した総務課の男性の姿もあった。同じ試験を受けるのかと思うと不思議な気分だった。

緑は無事に合格することが出来た。給料も少し上がった。しかし期待していた席替えも仕事の内容も変わることはなかった。年金制度の適用が変わるということで、思いがけなく一時退職金という収入があった。

緑は大学進学の夢を諦めきれずにいた。家に収入を増やしたいと思っていたので、四畳半の一部屋を増築し、母が学生下宿を始めることになった。近くの大学生がすぐに決まり、母も喜んで世話をするようになった。

一方で緑は、組合活動や政治活動に関わる時間も多くなり、活動の幅も広がっていった。勧められて執行委員になり、教宣部長も務めた。春闘年末闘争、平和運動など、プラカードを掲げてデモ行進し、庁舎の廊下に座り込みもした。

団体交渉が深夜に及ぶと、徹夜でガリ版刷りをし、翌朝の出勤者にビラニュースを配った。徹夜明けからそのまま勤務し、そして夜学に通うという休む暇もない時期を過ごしていた。

毎日が充実しているのか、空虚なのか、惰性になっているのか、自分でもわからなくなっていた。気持のどこかにこのままではいけないという心の叫びは感じながらも、現実に追われる日々が続いた。

当然のことながら学業の成績が落ちていった。

ある日突然、知能検査の実施が行われると告げられた。体育の時間の予定が変更され、教育大の教授と二人の学生が入って来た。教授は背が低く度の強いめがねをかけていた。

教授からテストの方法の簡単な説明があった後、西洋紙を二枚つぎ足した位の横長い紙が伏せて配られた。教授の合図に従って紙を表に向けて問題に向かった。問題の最初は出来るだけ漢字を沢山書けというものだった。

緑は職場で戸籍の記載の仕事をしていたので、都道府県・市町村など毎日地域や人の名前などに接していた。書く間ももどかしい程、漢字が次々に思い浮かんだ。書き進むうちに欄が足りなくなり、欄外まで書いた。次の数字の足し算も同じだった。簡単なものだったので、どんどん書いて埋めてしまった。こんなことで知能がわかるものか？　こんなことで判定出来るはずはないと思った。教授に随いて来た学生が用紙を回収して持ち帰った。

緑は検査があったことも忘れていた。一カ月以上も経って担任から職員室に呼ばれた。知能検査の結果が驚く程高い点数だったと告げられた。緑は特に嬉しいとは思わなかった。あのような検査で人間の知能を測れるはずがない。いや、あんな検査で決められたらたまったものではないと思った。

たまたま、漢字を日頃沢山使っている仕事をしている環境にあっただけだ。また一桁の足し算なんて誰でも少し慣れれば出来ると思った。

先生からは勉強をがんばるようにと励まされたが、知能検査とは結びつけて考えられなかった。

緑は駅のホームで見かけていた「アカハタ」の新聞を持ち帰り、発行元の共産党本部へ手紙を出した。間もなくして二人の男性が自宅に緑を訪ねて来た。五十歳代位の中背で黄土色のジャンパーを着た人と、三十歳代位の少し若い黒縁のめがねをかけた男性だった。玄関の外で、小声で立ち話をした。共産党の活動への協力を頼まれた。緑は快く引き受けた。しかし、しばらくは何も起こらず何の連絡もなかった。

昭和二十七年、「保安隊」反対デモに参加

　しばらくして若い方の男性が一人で訪ねて来て、連絡係のような役割を頼まれた。それは、三センチ程に折り畳まれた紙片のようなものを、指定された所に届けるというものだった。店の奥の座布団の下に差し込んで帰ることもあった。不思議な冒険と、秘密を守らなければならないという緊張感に包まれていた。会議をする場所を探しているとも聞いた。信頼出来ると思える先輩に相談すると、駅に近いアパートの二階を提供してくれた。先輩はその一階に住んでいた。緑は会議の当日、早目に行って待っていた。

裏階段から足音も立てずに一人ずつ現れ、緑にも家主にも挨拶をすることもなく、メンバーが揃うと入口のドアを閉め、緑も外に出された。何の話をしていたのか全くわからないまま、一時間程すると、また一人ずつ黙ったまま裏から降りていった。帰り際の挨拶も、されないままだった。不思議な奇妙な団体だと思った。緑は家主に対し詫びながらお礼を述べて帰った。

しばらくして共産党は「六全協」と言われる全国大会を開き、活動の方向が大きく転換されることになり、今まで「裏」で活動していた人たちが「表」に出て来ると聞いた。あの無言で裏階段から集まっていた人たちが「裏」の人たちだったのだろうと思った。それ以降、紙片をこっそり届ける連絡の仕事はなくなった。

緑の大学進学への夢はまだ消えていなかった。もはや医学への道は諦めていたが、理系の大学へ進みたいと思っていた。コンピューターの存在も知らない時代であった。ある日活動の合間に、一人の男性に数学への興味を語ったことがあった。偶然にもその男性は若い頃数学を志したことがあったらしく、一冊の本を持って来てくれた。『一数学者の肖像』という小倉金之助という数学者が書かれた文庫本であった。

その本には女性が学問をすること、学者になること、科学者、研究者になることをその意義とともに強く推奨される内容が書かれていた。特に理学系へ、そして教員ではなく科学者、研究者になることを勧めていた。緑は感動し、深く心を揺さぶられた。著者の小倉金之助氏へ読後感と自分の気持ちを書いた手紙を送った。小倉金之助氏から丁寧な励ましの葉書をいただき、緑の心は昂(たかぶ)っていた。緑はやはり大学に進学しようと思った。夜間高校を卒業して一年が経っていた。組合活動や政治活動に明け暮れる日々に充実感、使命感とともに空虚と焦りが同居し、心の中では葛藤が絶えなかった。

大学はやはり夜間しか行けないと思った。受験本で夜間の数学科がある大学を探した。東京理科大学の数学科を受験した。勤務が終わって夜行列車で東京に行った。宿を九段会館に確保した。電車を「飯田橋」で降り、坂を少し上った小高い丘の上にその大学はあった。隣の駅は「御茶ノ水」である。いとこはお茶の水女子大学を卒業している。昼の大学に行ける人を羨しいと思った。

試験が終わって新宿御苑を散歩した。東京に住みたい。東京の大学に通いたいと夢と憧れに満ちていた。しかしその一方で、仕事や生活の不安が天秤棒のように揺れていた。夜行列車に乗り、翌朝早く博多駅に到着した。そのまま出勤したが、日常はそのままだった。

当時大学の合格発表は電報で届いたが、それより早く新聞の朝刊に載っていた。職場で先輩の男性がその記事をいち早く発見し、驚きながら合格を教えてくれた。帰宅すると電報も届いていた。入学の手続きや職場への退職届などゆっくりで良いと思いながら、東京での仕事探し、生活の基盤づくりなど、どのようにしようかと不安な気持を抑えながら少しずつ準備にかかっていた。

すると高校の担任だった先生から呼び出された。緑は先生から大学に合格したお祝いの言葉が貰えるものと思い、勇んで出かけた。先生からは思いもかけない言葉が返って来た。

「せっかく公務員になっているのに、今の仕事を辞めて東京に行きたいのか？　東京に行って数学を勉強してどうするつもりか？　女性が数学を勉強しても、仕事は中学か高校の先生になる位しか道はないぞ。先生になりたいのか？」

それは、頭から水を浴びせかけられたような衝撃だった。

緑は先生になりたいとは思っていなかった。

「お母さんも心配し、反対しておられるぞ」

とつけ加えられた。

母が先生に相談に行ったらしい。母も反対しているのか？　母に反対されることは辛かった。東京で自分だけのことは何とかまかなえるだろう。しかし仕送りは出来なくなる。吏員昇任試験に合格し、一時退職金を貰って一間建て増しし、学生下宿をしている。母は病身の父の世話と学生の賄いなど毎日結構大変だということを緑は見て知っている。母に心配をかけたくない。母に楽をさせてあげたい。その気持ちが一番強かった。

「帰って母と相談します」

緑はそう言ってその場を辞去した。母は緑のことを心配していた。一人で東京に出すこと、そして経済的にもやっていけるのか……。母の心配を否定する材料はなかった。緑も同じように不安で心配だったのだ。

母は女の子が一人で東京に出て働きながら夜間の大学に行くことに対して、安定した仕事があるのか、病気した時どうするのかなど、何かと心配だったのだ。今の安定した公務員の職を辞めて行かなくてもよいのではないのかと、緑の高校の先生に相談したのだった。緑は今まで家に入れていた給料が渡せなくなる。そうすると家計が更に苦しくなり、母が一層苦労することは明らかだった。母の反対を押し切って東京に行く勇気は、緑にはなかった。

結局大学入学の手続きをしないまま期限が過ぎていった。このような時、全てを振り切って一歩踏み出す勇気と冒険が出来ない自分を情けないとも思っていた。緑はなぜ自分が思い描く人生が歩めないのか、自問自答していた。そして頭の中では「教育の機会均等」という言葉がぐるぐると回っていた。

組合運動と政治活動に明け暮れる日々が続いていた。

平和憲法の下で再軍備の気配が強まり、警察予備隊の設置の動きや米軍の無期限基地使用や水爆実験による被爆など、黙ってはいられない政治情勢が続いていた。会議やデモや集会に明け暮れ、プラカードを掲げて赤旗を振り行進した。そして心の中ではこんなことをしなくてもよい社会をつくりたいだけだと思っていた。

大学進学への夢は断ちがたく、翌年には再び京都の立命館大学の数学科を受験し、ここも合格することが出来た。

さっそく大学へ手紙を書いた。アルバイトをしながら大学に行きたいので仕事を紹介していただきたいとお願いした。大学からすぐに返事が届いたが、「京都というところは仕事が少ないところである。出来るだけ学校としても協力はするが保証は出来ない」という返事だった。しかし女子寮には入れてあげると言ってきた。合格した喜びの反面、やはり仕事がなく経済的に行き詰まった時、戻るところがないと思い、またもや不安に陥ってしまうのだった。

政治活動を指導していた地区の幹部からは、

「あなたは活動が上手くいかなくなるとすぐに学校、学校へと逃げようとする。それを日和見と言うんだ」

と強く叱責された。緑は「日和見」と「裏切り」という言葉が一番嫌いだった。

そして、その幹部はこうも言った。

「今のこのブルジョア社会の中で、学問など人民のためになっていない。人民のためになる学問の仕組みをつくるために政治を変えるのだ」と。

政治活動で世の中を変えることこそが、今最も大切なことだという訳である。

戦時中、学問が戦争のために利用されたこと、科学者をはじめ文芸、芸術に至るものまで、戦争のため、戦意向上のため利用された。そのことを指しているのだ。それはもっともな話であったが、緑の学問への意欲と結びつけるのには少し飛躍があるのではないかと思いながらも、自分が戦いの戦列から離れる後ろめたさは確かに感じていた。

またしても一歩踏み出せないまま、ぬるま湯につかった公務員の生活に甘んじてしまったのだ。石橋を叩いても渡らない自分が情けないと思った。

人事異動で「清掃課」へ

就職して五年程が過ぎた。待っていたのは、戸籍課から清掃課への転任だった。清掃課という名称から周囲の人々は、緑が組合運動をしているので嫌がらせだとか差別だとか言ってくれた。自分でもそうだと思ったが、難しい問題だった。

清掃課は「庶務係」と「し尿処理係」と「ごみ処理係」の三係で、その他に現場として、し尿処理係には直営で公共施設などの汲み取り作業をするバキュームカー運転手、公衆便所の清掃をする作業員、ごみ処理のトラックと運転手等各々の詰所があった。し尿の終末処理は海洋投棄が行われていたので、港の中にし尿の貯留場と船舶の基地があった。

緑は庶務係に所属していたので、文書整理の他、現場で使用するバケツや箒(ほうき)、長靴や手袋などを購入し詰所に届けた。現場の運転手や作業員たちとも親しくなり、若い女性がいない現場では、緑の出入りが一つの刺激になっているようで、緑をからかって楽しんでいるようだった。

環境問題が社会的に大きくなる中で、清掃課の事務も急速に変化し、組織も厚生部から衛生局、環境局と変わり、管理課、施設課、業務課と拡大していった。ごみ処理場は清掃工場として新たに建設され、し尿の海洋投棄場所は更に遠洋へと移り、船舶も大型化した。更に水洗式トイレの普及により、民間の業者への許可制がとられるようになった。周辺の自治体でも環境問題が厳しくなる中、し尿の陸上での終末処理の改善が迫られ、地上処理施設の建設が実現するまでの間海洋投棄の依頼が求められたのだった。

緑は課長や係長に随行して依頼先の町村へ行き、実情を調査し報告書にまとめた。山中の谷底に投棄したり、原野に畑のように溝を掘って素掘りの土地に流し込んだりしている実情が見られた。各町村とも施設建設を計画しながらも、とりあえずの苦肉の策であったに違いない。受託する側としては最低限の期限を切って受託することになった。これらの契約業務を緑は担当することになった。

清掃課・業務課と勤務が長くなる中で、次第に緑は責任ある仕事を任せられるようになっていった。直属の係長も課長も緑の仕事ぶりを買ってくれていたようで、日々の仕事は充実していた。しかし、人事異動の希望はなかなか叶えてもらえなかった。毎年の異動先希望調査では「福祉事務所」とだけを書いた。もっと他を書くようにと勧められたが、福祉関係以外は書かずに通した。

日頃から何かと気にかけてくれる他局の部長がいた。その部長が人事課へかけ合ってくれたらしい。緑は福祉事務所でケースワーカーをしたかったのだ。しかし、「若いからダメ、女性だからダメ、思想的にダメ」と言われたとのことであった。そして、その部長からこのことで人事に抗議したりしないようにと釘を刺された。部長の親切な行動に心から感謝し礼を述べた。

北九州に住んでいる叔母も、「緑ちゃん、もっと名前の良い課に変えてもらえんとね」と世間体を気にするように心配してくれた。緑は福祉の仕事をさせてもらえないなら、今のままの仕事でよいと思っていた。


街にはビルも増え、道路も整備され人々の生活の中には電化製品も目立ち始めていた。環境に関する市民の目も厳しくなり、蛇腹のホースをむき出しでし尿の悪臭を放って走っているバキュームカーへの批判の声が起こっていた。市内を走るし尿収集のバキュームカー全車に脱臭器を付けることになり、その器種の選定を緑は任された。

緑はカタログを取り寄せ、業者から説明を聞き、価格、効果、取り扱いやすさ等を比較し、三機種の脱臭器の現物を三台のバキュームカーに装着しその効果を計測する

バキュームカー脱臭器の排ガスの検査の様子

ことにした。計測器は大型の注射器のような形状で、排気されるアンモニアガスの濃度をＰＰＭで表すのである。

緑はジャンバーにズボン、麦わら帽に長靴といういでたちでバキュームカーの助手席に乗った。現場では汲み取りの作業員と思われ、「姉ちゃんそこがまだ汚れとる」とし尿のしずくがこぼれたあとを拭くよう指示されることもあった。

三機種の中で優れたデータの出た一つの器種が選定されることが決まった。緑は一応責任が果たせたと安心感と同時に満足感も湧いて来た。

ある日、課長から出張に行くようにと命じられた。横浜市と川崎市の清掃行政の調査視察と脱臭器の工場見学に行って来るようにということで、二泊三日の出張だった。その頃女性の単独出張などあまりなかった。脱臭器選定の慰労だろうと思った。緑は二つ返事で了解し、さっそく関係先へ依頼状を送った。

出張の日が迫って来た。しかし旅費が出されないのだ。不安は適中した。前日になっても旅費は出ない。課長が申し訳なさそうに「立替えて行くように」と言われた。局の予算は全て管理課が握っている。出張命令は直属の課長の権限であるが、予算の執行は管理課長なのだ。管理課長が緑の出張に印を押さないのだった。管理課長は日頃から緑に対し、わざとのように嫌がらせをしていた。

緑は出張を無事終え、報告書を提出した。一カ月も経とうとしているのに、まだ旅費は支払われない。出張の命令権と予算の執行権をめぐって二人の課長の言い争いになってしまった。緑は申し訳ない気持ちと、管理課長の汚い小役人根生に強い反発を覚えた。旅費はようやく支給された。

時代の変化とともに組織は清掃課から環境局に大きく変わり、緑はいつの間にかここに十六年間勤めたことになった。

婦人部の活動

「婦人部」という名称と先輩女性たちとの価値観の違いから、組合の「婦人部」の活動にはあまり馴染めなかった。しかし緑が感じている職場の問題は、お茶汲みや仕事内容の男女差別だけでなく、育児と仕事の間で悩む女性の問題があった。八週間の産後休暇が終わり、職場に戻って来た女性が胸にタオルを当てている。そのタオルは母乳が染み込み、ぐっしょりと濡れていた。乳が張って溢れて来るのだと聞いた。

緑は強いショックを受け心が痛んだ。母乳が溢れる程出るのに、自分の子どもには飲ませることが出来ない。子どもは保育所で、粉乳で育てられている。子どもには免疫力をつけるためにも母乳を与えるべきではないか。女性が子どもを預けてまで働くことが、果たして正しいことなのか。女性の育児という役割をもっと重視するべきではないのか。それは自由党（当時）が主張している「女性よ家庭に帰れ」というスローガンと同じではないか。女性の社会進出と地位の向上は、決して家庭の中に閉じ込もることではないはずである。女性の生涯のあるべき姿は、まだ緑の頭の中には描けずにいた。

保育所増設の運動をしながらも、運動の方向はこれで良いのか、女性の特性を活かし男性と肩を並べるにはどうしたら良いのか模索しながらの運動だった。婦人部では授乳室の設置を要求した。地下の消耗品倉庫の中に畳二枚を敷いてカーテンで仕切った形ばかりの授乳室が設けられた。しかし家族が子どもを連れて来られる三人だけに利用は限られ、そのうち利用する人もなくなり閉鎖となってしまった。

産前産後の休暇は労働基準法で各々六週間となっていたが、各々八週間を要求し、更にこれを通算出来るように求めた。実際実現はしたものの、ほとんどの人が産前を極端に少なくし、産後にまとめてとるようになった。「産前は少なくて良いのではないか」と皮肉を交えて逆襲されることになった。

お茶汲みの役割は依然として女性にのしかかっていた。反発しながらも、地下の湯沸場から熱湯が入ったやかんを提げて階段を上る危険性を訴え、三階の会議室の近くに湯沸器や流し台の設置を実現させた。エレベーターなど無い時代であった。

美容室も地下に設置された。今日では考えられないことであるが、男性用の理容室があったので女性にも同じようにと要求し実現した。休暇を取ったり、時間外や土曜日の午後など利用する女性はかなり多かったが、本庁以外の出先の職場の女性たちには不公平感が残った。

またある時、女性のタイピストが腱鞘炎を発症した。婦人部のニュースで取り上げ、労務課と交渉した。タイピストの環境改善やタイプの継続労働の時間制限、人事異動などを求めた。すると本人から、このことを問題にすることを止めてほしいとの強い申し出があった。本人に対する圧力があったのだと思った。緑は本人と十分話し合わないまま問題を取り上げ、ニュースに書き、交渉の俎上に上げたことを深く反省し本人に謝った。

昭和四十年頃、「男女不平等をなくせ」デモに参加

保育所の増設や男女不平等の是正など、他の職場の婦人部や婦人団体と連携しながら「働く婦人の大会」や「母親大会」等を開き運動の輪を広げていった。

五月一日のメーデーには、プラカードに日頃からの運動の目標や要求を掲げ、造花やテープで飾り街中を行進した。平和台の広場は労働組合の赤旗で埋まり、活気に満ちた集会となっていた。

板付(いたづけ)基地十万人集会

ベトナム戦争では、福岡県の板付基地からもアメリカ軍の爆撃機が飛び立っているとのことだった。ベトナムの森林を焼き尽し、ナパーム弾による多数の奇型児が生まれている。人間として犯してはならない罪深い行為である。

板付基地をとり囲む十万人集会が開かれた。十万人が手をつないで板付基地を取り囲んだ。「アメリカは日本から出て行け!」とシュプレヒコールを大声で叫んだ。その声は空しく空に消えてしまう。こんなことでベトナム戦争は止められるのか。

基地の空港にはF－4ファントムが数機駐機していた。あの戦闘機を破壊してしまえばベトナムへ行かなくなると、破壊したい衝動にかられた。しかしアメリカは、財力にものをいわせすぐに戦闘機を補充するだろう。衝動的な感情や行為に意味がないことを自覚した。日本の政治もアメリカの政治も変えなければどうにもならないのだ。

緑は政治を変えなければという使命感と、自分を高め、もっと勉強したいという間で悩み続けていた。

昭和四十三（一九六八）年六月、九州大学の工学部の校舎に米軍のファントム戦闘機が墜落した。操縦士はパラシュートで脱出し無事だったようだが、機体は校舎の一角に突き刺さったまま残された。ファントム戦闘機は夜間訓練の最中だったらしい。米軍による北ベトナムへの爆撃が続いていた頃である。

ファントムの機体は基地反対闘争のシンボル的存在として永くそのままだった。

ベトナム戦争も終わった頃通ってみたら、ファントムの機体は既になくなっていた。

脅迫状事件

組合活動や政治活動に走り回っている頃、緑の自宅に一通のはがきが届いた。差出人の名は無く、少し癖のあるペン字で細かい字が並んでいた。

「あなたが共産党の活動をしていることをわれわれは全て把握している。今すぐその活動から手を引きなさい、そうしないとあなたの身の上に何が起こるかわからない。わかったら組合の掲示板の隅に赤い紙を貼りなさい」というものだった。

これは明らかに民主々義への侵害であり、思想信条の自由を侵すものだと思った。

正に憲法への冒涜ではないかと緑は強い憤りを覚えた。

緑は翌朝さっそく組合事務所に出向き、そこにいた数人の執行部の役員にはがきを見せ、組合として抗議してほしいと訴えた。すると緑にとっては思いもしない言葉が返って来た。

「あなた自身が共産党の活動をしているかどうかが問題だ。そんなことをしていないのに言われたのであれば抗議もするが、あなた自身活動しているのかどうなのか？」

と追及された。問題点が違うと主張しても、緑への追及は続いた。組合は民主々義や正義、個人の権利も守ってくれないのかと強い不満と失望を味わった。

市長選挙、選挙違反で逮捕

福岡市長選挙が行われた。現職の保守系候補と革新統一候補の一騎打ちの選挙である。現職に挑むのは、社会党、共産党の統一候補であり、ほとんどの組合も推していた。労組も婦人部も、ビラを撒いたり街頭でマイクで訴えたりして、活発な運動を続けていた。土曜日の午後など、仕事が終わると婦人部の仲間と連れ立って選挙事務所に出かけて手伝っていた。

ある土曜日の午後、電車の駅の構内でビラを配っていた。「社会党の加藤シヅエ女史が応援演説に来る」というものだった。婦人部員三人で手分けしてビラを配り始めてしばらく経った頃だった。警察官がいきなり近寄って来て逮捕された。選挙違反ということだった。

金網ネットで囲まれた護送車の後部座席にいきなり三人とも押し込められた。後部座席で急いで打合せた。二人には「何も知らない。言われるままについて来ただけだ」と言うように指示した。「何を話しているか。話し合ってはいけない」と前の席の警官から叱られ、三人とも前方の席へ移された。

連行された先は中央警察署の二階で、三人は離れた箇所で別々の取調べを受けた。二人はわりあい早く帰されたようだった。一人残された緑には、深夜まで詰問が続いた。誰の指示を受けたのか？ビラは何枚位あったのか？何枚位配ったのか？などであった。緑は、事務所に置いてあったので持って行って配ったと、指示した幹部の名前は出さなかった。枚数も、配りはじめてすぐに逮捕されたのであまり配っていないと話した。警察はくり返し同じような詰問をしながら幹部の名前をあげさせようとした。

深夜一時近くなってやっと解放されることになった。終電もなくなっていたので、「こんな深夜に女性を一人で帰らせるのですか」と逆襲した。警察の車で自宅まで送ってあげると言われた。それを聞いた上で、選挙事務所まで送ってほしいと訴えた。選挙事務所では心配しているに違いないと思ったからである。

選挙事務所に着くと、二人の男性が事務所を閉めようとしていた。三人が逮捕されたことを事務所は全く把握していなかったのである。経過を説明すると「大変だったね」と労ってくれた。そして社会党の参議院議員をしていた吉田法晴(ほうせい)氏が自宅まで送って来て両親に謝ってくれた。

数日して職場に出勤すると、上司が人事課からの命令だと言ってすぐに検察庁に出向くように言われた。検察庁では個室で机を挟んで取調べ官から警察で聞かれたことと同様な質問が繰り返された。緑の答えも同じだった。

「あなたが言っていることは、肝心なことになると霧がかかったようにぼんやりとした内容になる。置いてあったビラを勝手に持って行って配ったなど信じられない。誰に指示されたのか?」

と幾度も繰り返し聞かれた。取調べは午前中に続き更に次の日も出向かねばならなかった。

仕事が忙しい中、職場の同僚や上司には迷惑をかけ申し訳ないと思っていた。送検はされたものの、結局は「不起訴」に終わった。

そして市長選挙は、保守系の現職が圧倒的勝利に終わった。

保母の資格を取る

緑は脅迫状事件や、選挙違反での逮捕などが続き、市役所からはクビを切られるかもわからないと思うようになっていた。もし失業したら何の資格も技術もない。何のとり得もない自分は路頭に迷い、自分の弱さに負けてしまうのではないかと思った。何かを身につけなければと思い、保母の資格に挑戦することにした。

県が主催する講座を受講した。音楽という科目があった。小学校の担任が音楽の先生だったので、その頃から楽譜や記号などの理論は学習していた。ピアノは、高校の音楽の先生の自宅まで夜、習いに通った。『社会福祉六法』という小型の法令集を購入し学習した。その年の試験にはピアノの実技が行われなかったので、無事合格することが出来た。

自分に一つの強みが出来たと思えた。

そしてその資格を使うことはなくて済んだ。

父への反発

父は昔から気位が高かった。武家の長男という自負心と、誰にも負けないという勉学と剣道に自信を持っていた。

東京から戻って来た父に対して地域の人たちは敬意を示し、「旦那様」とか「先生」と呼び、名前を呼ぶ時は「シャマ」で呼ばれた。ここの土地では「様」でも「さん」でもなく「シャマ」と呼ぶのである。親しみと敬意を込めた呼び方である。

病身で働けなくなってからも、父はどこか威張っていた。

しかし終戦を迎え、世の中が急速に変化を見せはじめていた。農地解放により地主から小作の人々へ土地が分配され、各々が地主になっていった。陰のように生きていた人たちが民主々義憲法の下で表舞台にのり出し、議員などに選ばれるようになった。

そんな男が病気で寝ている父の枕元の床の間から鉄兜を持ち去った時、昔の父なら「無礼者!」と一喝したに違いない。それを「勝手にするが良い」と言って持ち去るのを許してしまったのである。

緑は父に対し一気に蔑(さげす)みにも似た悲しい情けない気になり、失望と反発を覚えた。父への反発はこの時から始まったのかも知れない。

母は働きながらも父の世話をしっかりしていた。緑には父の我儘(わがまま)と見えるようなことも母は父のために尽(つ)くしていた。食べ物でも上等なものは全て「お父様に」だった。父はそれを甘んじて受けていた。家計が苦しい中でも、父は高額な漢方薬を母に買って来させていた。

緑が一番気に入らなかったことは、父が近所の家へテレビの相撲中継を見せてもらいに行くことだった。「武士は食わねど高楊枝」ではないのか？　貧乏たらしい情けない父の姿が嫌だった。

姉は父親っ子で、父と仲良しだった。姉は女学校の頃から父に英語をみてもらい、予習、復習をしっかりしていたので得意科目になっていた。東京外語の仏法科を卒業し外交官を目指していた父は、英語を好んで勉強する姉に喜びを感じていたのだろう。

姉は結婚して一駅先に住んでいた。

姉はよく父を映画や食事に誘って父を喜ばせ、父も姉に甘えるようになっていた。

同窓会に行きたいからとか、映画を観に行きたいとか言っては、姉から小遣いを貰っていた。

緑は家で父とはあまり会話もしなくなっていた。

その頃、新安保条約の改定をめぐり全学連の国会突入事件や三井三池炭坑の大幅人員整理などが起き、世の中は騒然としていた。

緑は組合活動や政治活動に明け暮れる忙しい日々を過ごしていた。

世の中を変えなければ全てのことは実現しないと信じていた。


父はある日突然緑に向かって声をかけて来た。

「緑、医者になれ」と一言言い放った。

〝今更何よ〟——父への反発が一気に爆発した。父に対する哀れみと悲しみ、そして蔑みにも似た怒りが一気に爆発したのだ。

緑は黙って庭にとび出した。

父が大切に育てていた鉢植えの藤の木を根元から鎌で一気に切断してしまった。

父は怒るだろうと思ったが何も言わなかった。その日も、その次の日も、それ以降も、父も緑も藤の鉢のことは一言も触れなかった。多分家族の誰もその事件のことは気づいていなかったようだ。しばらくして鉢はなくなっていた。緑は父に対して謝ろうとはしなかった。父と緑の間には更なる隔絶が生じてしまった。

地元の夜間大学へ進学

子どもの頃夢見ていた医学への道は既に諦め、高校卒業の頃目指していた数学への道も断念してしまっていた。

朝鮮戦争や日米安保条約の締結など戦後の日本は怪しく揺れ動き、職場では合理化や女性への差別など、政治活動や組合活動に没頭しなければならなかった。

しかし、そのような日々の中、一方では大学進学への夢は断ちきれなかった。

東京理科大学も、京都の立命館大学も合格しながら、入学を断念してしまったことが悔しくて仕方なかった。

最後の砦として翌年地元の大学の夜間部を受験した。理系の学部はなかったので、不本意な気分のまま商学部へ入学したが、勉強への意欲はなかなか湧いて来なかった。

しかしある英語の教授と出会ったことで、学校に対する印象が一変した。

白髪で豪快な印象の教授は牧師だったという。戦時中戦争に反対し牧師の資格を剥奪されていたとの噂だった。熱意溢れる授業は厳しかった。毎週暗記の宿題とテストがあった。厳しかったが楽しかった。教授から毎週開かれている日曜学校へ誘われた。行ってみると神学部の学生が多く、会話は全て英語で行われていた。数回通ったが全く英語についていけず止めてしまった。

会計学の教授からは、公認会計士か税理士を目指すことを勧められた。しかし緑は数学に興味はあっても数字や計算が好きな訳ではないと思い、全く興味は湧かなかった。大学のクラスは三十人程で女性が五人だった。職場も出身地も年齢も様々で幅広く、特に女性同士は仲が良かった。

大学に通いながらも組合活動や政治活動は続けていた。夜間高校とは違い、科目単位の選択で時間の都合はつけやすかった。特に一、二年で多くの単位を取ってしまうと三、四年は楽だった。

教職の資格も取りたいと思っていた。

教育実習は大学の同じ系列の夜間高校に行った。教育実習の科目は社会科だった。その高校は普通科なので商業という科目はないのである。

社会科という科目は範囲が広い。どんな質問が出て来るかわからない。決まった答がない科目で教壇に立つのは恐かった。

教室に入ると何と以前の現場で働いていた顔見知りの青年がいるではないか。益々緊張したが、出来るだけ教科書に沿った授業ですすめ、質問もなく無事教育実習を終え教職の資格を取得出来た。

読書会

ある日の昼休み、二人の男性が緑の職場に訪ねて来た。一人は見覚えがあった。市役所で働きながら司法試験に合格したという青年だった。その青年は組合の書記長をしていた男性と同じ職場だったので、時々顔は見たことはあったが、話したことはなかった。Mさんと言った。読書会への誘いだった。司法修習生たちが福岡で修習する間、知人を誘って読書会を開きたいというのだ。緑は気後れしながらも喜んで参加することにした。

毎週金曜日の夕方、いろいろな職場の若い男女が十名程集まった。大企業の支店の事務員、技師、公務員、報道関係、裁判官の娘や弁護士の妻など多彩だった。決めた本を読んで来て感想を話し合ったりするのだ。知識の豊かな人は他の本と比べたりして、意見も深く鋭いと感じた。ヘルマン・ヘッセの『漂泊の魂』や、クロード・モルガンの『人間のしるし』、エンゲルスの『家族・私有財産及び国家の起源』なども読んだ。

エンゲルスの家族論の時は、家族制度や結婚制度など議論沸騰、熱っぽい意見討論となった。一夫一婦制か多婦制か、結婚制度はどうあるべきか、法律家らしい意見から空想論までさまざまな意見で沸いた。一人一人の人生観や結婚観、人間性が垣間見えておもしろかった。普段職場では感じられない、異なった教養を感じさせられる場であった。

緑は決められた本を必死に読んで、自分の感想や意見をまとめて出席するようにしたが、なかなかその場で進んで発言する勇気は出なかった。気後れしていると「松村さんはどう思う」と優しく感想を求めたり、発言を促してくれる人があった。読書会に誘いに来てくれたもう一人の青年だった。

緑は遠慮がちに心細い気持のまま意見を述べることはあったが、全く自分に自信がなかった。緑は自分があまり本を読んでいないことも、教養が身についていないことも痛い程自覚していた。更にその気持を増幅させたのは、女性も男性もほとんどの人が一流の大学を卒業しているという事実だった。

そのような中で、何かと優しく声をかけてくれる、そして発言の内容も緑には納得と同感できる青年に好感を持つようになっていった。Kさんという青年だった。Mさんと K さんは仲が良いらしくいつも一緒だし、同じ下宿に住んでいると聞いていた。

半年程経った頃、読書会の帰りに別の修習生の男性から喫茶店に誘われた。コーヒーを飲みながら自分の身の上話を詳しく話してくれた。都立の有名な高校から東大法学部へストレートで入学したこと、一度公務員になったが司法試験を受けたこと、父も兄も東大を出、父も兄も銀行の幹部ということだった。妹も有名女子大を優秀な成績で卒業したそうである。正にエリート一家であることを自慢げに語った。そして、K君には東京に婚約者がいるとつけ加えた。緑の心の中を見透かしているかのような発言だった。そして交際を申し込まれた。

緑にしては、三人の修習生は全て憧れの存在だったので、交際を承知することにした。家に帰って母に話すと母は少し心配そうに言った。

「あなたはKさんが好きなのじゃないの？　それで良いの？」

と母は念を押した。そして一度自分がKさんにお会いしてみると言った。

以前から読書会のことは母によく話をしていた。三人の修習生について百点満点でKさんは百五十点、Sさんは百二十点、Mさんは百点などと評価し、それぞれの人間性などについて感想を話していたのだ。

緑はKさんには婚約者が既におられる。百二十点のSさんで十分ではないかと思っていた。

母に対しては、母がKさんに会いに行ったりしたらもう読書会には行けなくなると言って強く断った。母は大事なことだからちゃんと会って話してみたいと言ったが、緑はそれを断り続けた。

そしてSさんとの交際が始まった。

Sさんからコンサートに誘われた。九電ホールで開催された辻久子のバイオリンコンサートだった。緑はバイオリンが大好きで、役所の土曜の午後のレコードコンサートの際も、特にバイオリンの音色に魅せられていた。

Sさんは幼少時からバイオリンを習っていて、自分でもよく弾くと話していた。

辻久子の演奏に全身に沁み入るような感動を覚え、緑はレコードとは違う生の音楽のすばらしさに浸っていた。

コンサートが終わって彼の下宿に誘われた。民家の二階で、玄関を入るとすぐに階段があった。二階の一番手前の六畳程の和室であった。

彼はすぐに自分のバイオリンを持ち出し弾き始めた。辻久子を聞いた直後であり、その音色はかなり違っていた。何の曲かはわからなかったが、彼は得意になって何曲か弾いていた。楽器が弾けるということだけで十分尊敬出来た。彼は母も妹もピアノが弾けるし、兄もバイオリンが弾けるとも話していた。自慢話が多かったが、緑は羨しく眩しく感じながらも尊敬していた。

公園でボートに乗ったり、海岸を散策したりするデート中も、緑は彼の話を聞いていることが多かった。

彼は自分の知識や教養の高さを誇りにし、自慢話を楽しんでいるようだった。

そして話題はまるでテストのようになっていった。あれ知っているか？　これ知っているか？　と矢継ぎ早に問いかけられる。緑は知らないことが多かった。

「君は何も知らないいな」

と見下したように言われた。確かに自分は何も知らないし教養もない、と自分自身を恥ずかしく情けなく思っていた。デートが億劫になりながらも、知識豊富な彼に対しては尊敬と憧れの気持ちもあり、嫌う気にはなれなかった。

自分はもっと勉強し、教養を高めねばと思うのだった。

「君は僕について来れるかなあ。うちは皆東大卒で高い教育を受けている。大変かも知れない」

とも言われた。その一方で、父は性格がきつく気に入らないことがあると卓袱台をひっくり返しプッと家を出て行き、それを泣きながら片付ける母の姿を見ていたという、そんな家族の弱いところも話してくれることもあった。子ども心にも、あんな父のような人間にはなりたくないと思っていたと彼は言い、自分も性格的には父に似ているところがあるように思えるので注意しようと思うと、自分を戒めるような態度も見せてくれた。

しかし、そう言いながらも〈テスト〉は続いた。

「英語で旅行のことを何と言うか」と聞かれた。

「トラベル」と答えた。

「そう答えるだろうと思った。ほかには？」と重ねて聞かれた。

緑は「知らない」と答えた。

すると彼は、「トリップ」というのもある。これは小旅行のことだ。更に「ツアー」というのもある。これは団体旅行のことだと説明をつけ加えた。

「ところで新婚旅行はどこが良いか？」とも聞かれた。

緑は「熱海・箱根」と答えた。彼は吹き出しそうな顔で、「田舎者だなあ」と言った。その当時、熱海や箱根、九州では宮崎が新婚旅行のメッカだった。どこを言えば良かったのか？　彼はどう思っていたのか？　次第に心が離れていくのを感じた。

このような〈テスト〉が続き、デートが重荷になり、気がつけば緑は心の中がズタズタになっていた。

彼には優しさがなかった。デートで時間が遅くなれば、緑を駅まで送ることもなく、電車に遅れると言って自分だけ先に走り去って行ったこともあった。

相手の立場になって物事を考えることが出来ない人間、相手を思いやることの出来ない人間——彼がそうであることに初めて気がついた。

緑は、この人と結婚したら全く自分を失い駄目になってしまうような気がした。

今まで彼に感じていたのは知識に対する尊敬であって愛ではなかったのだ。

緑は彼からの結婚の申し出を断ることにした。

〈テスト〉で傷ついた日の夕方、緑は「もう結婚は出来ません」とだけ言って、彼の下宿を飛び出した。そして意を決してKさんの下宿を訪ねた。幸い、同じ下宿に住んでいるというMさんは留守で、顔を合わせずにすんだ。

Kさんは外に出て来てくれて、松林の中を歩きながら話を聞いてくれた。Sさんのことを一気に話した。Kさんは、

「松村さんは僕のことを好きなのかと思っていたら、S君とつき合っているみたいなので、そうだったのかと思っていた」

と話してくれた。Kさんには東京に婚約者がいらっしゃるとSさんから聞かされたことを話した。Kさんからは、その頃はまだ婚約はしていなかったと聞かされたが、やはりその女性とつき合っており、現在は婚約をされたのだと覚(さと)った。間もなく修習生たちは任期が終わり、福岡の地を去って行った。

その後一度、Sさんの先輩の男性が緑を訪ねて来た。Sさんを通して会ったことのある年輩の男性だった。Sさんとの交際を復活してほしいとの申し出だった。彼から頼まれての仲介らしい。Sさんへの批判もしながら、

「あのような男には余程賢い人かバカになれる人にしか務まらない」

などと言われ、

「私がバカだからでしょう」

そう言って緑は申し出を断った。

その後も読書会は、後輩たちが次々に引き継ぎながら長期間続いた。

大学卒業と国家公務員への挑戦

大学を卒業した。大学新卒ということで何か新しい道へ進むのも良いかも知れないと考えた。職場は相変わらず清掃課のままで、市役所では長年希望の仕事がなかなかさせてもらえなかった。

国家公務員中級試験を受験した。合格するとはあまり思っておらず気分転換のような軽い気持で受験した。間もなく合格の通知が届いた。そして二つの職場から採用面接の書類が送られてきた。一つは文部省関係の研究所であった。緑は研究所という職場を想像した。学者である研究員の補助で、試験管を洗ったり、統計の数字を整理する下働きだろうと想像した。自分が研究員ならおもしろいが、下働きではつまらないと思った。研究所には面接には行かなかった。

もう一カ所は法務省関係の矯正施設の教官という仕事だった。さっそく施設に出向くと、施設の所長が待っていてくれた。温和な感じの白髪混じりの紳士だった。背広ではなくジャンパーという軽装だった。施設の概要をわかりやすく説明される口元はあくまでも穏やかで優しい感じがして、緑はここで働きたいという思いが湧いて来た。

この施設は十八歳未満で法に触れるような非行を行った少女を矯正保護するための収容施設であること、日課が課せられ、タイムスケジュールに従って作業や学習があること、自由な時間もあることなど、生活の様子が手に取るようにわかるよう説明された。説明しながら施設の中を案内していただいた。少女たちは作業に出ているのか一人の姿も見られなかった。建物は平屋でいくつもの部屋に仕切られて、中にはいわゆる「独房」というような個室もあった。部屋にも廊下にも花の飾りなど全くなく殺風景な印象だった。

再び面接会場の小さな会議室に戻ると、感想と動機を聞かれた。現在市役所に勤めていること、福祉の仕事をしたいが希望を叶えてもらえないことなどを話した。

所長は再びこの施設について更に詳しく説明してくれた。同年輩位の若い女性、しかも手に負えないような非行に走った少女たちに向き合うことの難しさ、夜間の当直もある大変な仕事であると説明され、自分の娘なら賛成しないとつけ加えられた。そして現在勤めている職場でも希望する仕事は出来るのではないかと力説された。

「あなたが決心するならぜひ来てほしいと思っています。あなたの気持次第です。よく考えて返事して下さい」

そう言われて面接は終わった。


緑はまたしても悩み始めた。やってみたい仕事ではあったが不安もあった。若い非行少女たちに立ち向かう自信は必ずしもなかった。

「今のところでも、魅力的なやり甲斐のある仕事へのチャンスもあるのではないか」

という所長が言われた言葉にも頷ける気持もあった。その上給料も下がる。大学の友人も職場の同僚も相談した人全員が反対の意見だった。

「今更そんな難しい仕事に転職する必要はないのではないか」

というのが一致した意見だった。

結局、緑は転職への道も選択しないことにしてしまった。

組合幹部によるエロ映画上映事件

衆議院で新安保条約が強硬採決され、国会前で全学連が警官隊と衝突するなど日本は大きく荒れていた。日本経済はアメリカに依存しながら産業構造を変え、エネルギーは石炭から石油へ、農業は小麦・大豆の輸入の増加で米作は減反政策が取られ、農村は疲弊し過疎化が進んでいった。安保条約によりこれらの政策は正当化され、アメリカ軍の基地としての日本の役割が益々強固なものとなっていった。

板付基地の拡張が計画されていた。アメリカ軍の基地としての役割とともに、日本の軍備拡大が見えていた。

春闘の最中(さなか)でもあった。

そんな頃、労働組合の事務所で事件は起きたのである。

昼間の勤務時間中に、組合の幹部が事務所の中で「エロ映画」を観賞したとのことだった。

ウソだ。そんなことが起こるはずがないと緑は思った。

組合は声明を発表し、「当局によるでっち上げ事件」と主張した。緑も当然そうだろうと信じ、でっち上げによる弾圧だと思った。

しかし現実は違っていた。上映事件は事実だったのだ。組合の執行委員が当局に進退伺と陳情書を出したという噂が流れた。

組合は事実であったことを認めた上で、当局によって仕組まれたものだと主張した。組合執行部の中に当局に通じている役員が混じっていることは確かだった。計画に乗せられた、仕組まれたと言っても、決してあってはならないことだった。組合の幹部二名が懲戒免職となり、各々の程度に応じた処分を受けた。

組合は次々に声明を出したり弁明したりしたが、空しいものとなった。

青年部も婦人部も各々声明を出した。

婦人部の声明では執行部に猛省を促すとともに、これらの行為は労働者階級の道徳的品性として許されるべき問題ではないこと、頽廃文化やいかがわしい興業など根底には女性蔑視の問題があること、職場における男女差別の中で当局にはその処分の資格がないこと、そしてこの謀略事件が組合運動や基地反対の闘いを弱体化させることが目的であることなどを主張した。

婦人部の声明は評価が高かった。

この事件が組合を弱体化させるために当局が仕組んだ罠であったとしても、組合執行部の責任は重く、決して許されるべきものではなかった。根本にあるモラルと性差別の意識こそ重大であったのだ。

組合からの脱退者が増え、組合運動は急速に冷えていった。

「ある会食」への誘い

父の三回忌の法事で、父の弟にあたる神戸の叔父と、父の妹である叔母が北九州から来て、緑の家に一週間程滞在していた。叔父は神戸で長い間教鞭をとっていた。叔父は県警の幹部が昔の教え子だと言った。明日の夜彼が叔父を夕食に招待してくれることになったそうである。叔父は叔母を誘った。叔母は喜んで行くと答えた。叔父から「緑も来い」と誘われた。緑は、警察の幹部の人と食事を共にするなどとんでもないことだと思った。緑は用事があるからと断った。叔母がしきりに誘ってくれたが、叔父は強くは誘わなかった。

叔父はその昔、社会主義者だと疑われ、新婚旅行にまで尾行がついて来たらしい。尾行して来た男に、「君たちもういいだろう」と声をかけ途中で帰らせたとのエピソードを話してくれたことがあった。

その夜、叔父と叔母が揃って帰って来て、叔母は一部始終を興奮気味に話してくれた。そして「緑ちゃん惜しかったね」と残念がってくれた。緑はこれでよかったのだと自分で納得していた。

念願の「福祉事務所」への異動

緑の上司が人事部に近い部署に転任になった。緑は清掃課から環境局業務課まで組織の名称が変わりながら通算十六年を同じ部署で過ごしていた。

その頃ある噂が耳に入って来た。緑の上司だった人が人事課で、緑のことをしきりに褒めているというのである。そしてしばらくして人事異動があった。それは緑が念願していた福祉事務所だった。転任された上司が尽力して下さったに違いない。心の底から感謝の気持が湧いてきた。

新しい職場は福祉事務所ではあったが、念願のケースワーカーではなく、福祉課の児童手当の担当だった。児童手当とは、少子化対策として一年前に設けられた制度で、三人目の子どもから一人五千円が支給されるというものだった。保護課で人間相手のケースワーカーの仕事をしたかったが、仕方のないことだった。

間もなく穏やかならぬ噂が耳に入ってきた。

福祉事務所の所長と福祉課長が揃って人事課に出向き、緑の返上を申し出て断られたとのことだった。組合活動ばかりして仕事の出来ない人間だと思ったのだろう。緑は噂を胸に収め、与えられた仕事を全うすることにした。

そして間もなく、とんでもないことを発見したのである。当時はコンピューターなどなく、申請書を受け付けると手書きで受付台帳に記入し、カードに整理もされることもないまま次々に手当が支払われていた。遡って受付台帳を見ていると、同じ名前があるではないか。二重払いではないかと思われた。調べてみると七件の二重払いが見つかったのである。係長に報告すると課長も所長も慌て困惑し始めた。

緑は何とかして解決してみせると内心意気込んだ。その日から夕方に家庭訪問し、事情を説明して返還をお願いした。一時金で返還するか次回の支給時に調整するか選択してもらった。全部の世帯が納得してくれて問題なく解決することが出来た。

所長と課長の態度が一変したのが手にとるようにわかった。渋い顔しか見せていなかった所長が笑顔をつくって近寄り、何かと話しかけたり名前を「ちゃん」付けで呼んだりするようになった。緑は少し見返したような気分になった。

しばらくして担当替えの希望を聞かれた。ケースワーカーの仕事をしたいと言った。それは課をまたぐので人事異動が必要になる。同じ課の中でと言われた。人間相手の仕事をしたいのでと老人福祉の担当を希望した。老人担当は一人だった。福祉係は生活保護以外の福祉は全て福祉係に集中していた。福祉五法や手当担当は各々一人で多忙を極めている係だった。

老人福祉の範囲は広く、老人ホームへの入所相談から措置、ホームヘルパーの派遣、日常生活用具の支給、貸与、福祉電話の設置、老人福祉手帳の交付、敬老祝金品の配布、敬老乗車券の配布等、多岐にわたっており、相談から申請受け付け、家庭訪問調査、そして措置などの実行となる。午前中事務所で相談と受付、午後調査に出かけ、書類の作成は自宅に持ち帰って夜遅くまでかかった。午後自分が調査のため外勤している間に相談に来所する市民に対応するのは他の職員となり、自分の仕事で手いっぱいの中に老人福祉の担当の代わりまでさせてしまうことが心苦しかった。

老人福祉の担当として老人の本音を耳にすることが多い。老人ホームへの入所の場合が特にそうである。相談は家族からが多いが、緑は必ず家庭訪問して本人と直接話をすることにしていた。老人問題はほとんどが家族問題だと思えた。子どものうち誰が親を看るのか、同居するのか、扶養するのか、そして親と子はどうあるべきかを考えさせられた。老人ホームへ入所措置する場合、緑は必ず施設まで同行し、本人に不安がないように担当者に引き継いだ。

そしてこんなこともあった。

老人ホームに措置入所させた男性が、他の市から措置入所していた女性と結婚したいと相談してきた。施設内での恋愛事件である。当時、老人ホーム内での恋愛や結婚はご法度だった。施設からは退所を迫られた。二人の老人男女は真剣だった。なぜ施設の中での結婚は許されないのだろう。施設長に尋ねると「風紀が乱れるから」との説明であった。

昭和五十五年一月、博多区福祉課老人福祉担当時代。仕事始めの日

結婚は自由ではないのか？

二人の気持が真剣であると思えたので、何とか実現させてあげたいと思った。夫婦で入所出来る県内の施設を探した。男性は緑の方で措置変更できるが、女性側はどうか。女性の措置機関である福祉事務所へ相談した。例がなかっただけに躊躇されたが何とか対応してくれて、二人

の結婚は実現し、他の老人ホームへ転所した。人間相手の仕事をしているという実感が感じられた。老人福祉の奥深さに魅せられ、忙しい中でも充実した楽しい日々となっていった。

しかし課長から呼ばれ、「仕事に深入りしすぎる」と注告を受けた。

「ありがとうございます、そのお言葉は褒めことばとして頂戴させていただきます」

緑は課長に対し生意気な返事を返した。

しかし一方、老人福祉に熱心に取り組む中で、現在自分が励んでいる仕事は本当に老人のためになっているのだろうか、老人を犠牲にした家族福祉になってはいないか、といった疑問が湧いて来た。

来年子どもが小学校に入学するのでおじいちゃんの部屋を子どもの勉強部屋に空けて欲しいと家族から言われた老人が、孫のためには仕方ないと老人ホーム入所を決めた例があった。緑は家族に、

「どんなお子さんに育てたいのですか?」

と老人を大切にしない精神を責めるような面接会話をしたことがあった。老人の立場は弱く、老人自身は謙虚で犠牲的精神が強かった。日本経済の高度成長に伴い核家族化が急速に進み、老人は孤独になっていった時期であった。

老人問題は老人自身の問題であると同時に、家族の問題でもあるとの思いが強くなっていった。

「老人福祉」の論文で優秀賞を受賞

老人福祉の仕事を続けていると、老人自身の問題解決では済まない多くの課題があることがわかってきた。親から見た子どもとの関係、子どもの側から見た親の問題など、深く掘り下げてみたくなった。

アンケート調査から始めることとし、用紙の両面を使い一面は六十歳以上の老人が裏面は五十九歳未満の若い層が親の問題を記入出来るようにした。設問は親の扶養や介護の問題などについて家族関係と経済面から見ようとしたものであった。調査は個人の立場で行った。アンケート用紙は五百枚印刷した。印刷の費用は自分で負担するつもりであったが、印刷会社の社長が無料サービスで協力してくれた。区役所（博多区）の職員全員への配布は、同じ職場の同僚たちが協力してくれた。近くの企業や銀行、老人クラブ等へも配って協力してもらった。

するとと課長から横槍が入った。アンケート調査は個人的な立場でしているのだから、職場の名前や肩書きを使ってはいけないというものだった。「個人の住所と氏名でしなさい」と言われ、「もう配ってしまったものは仕方ないけど、今からの分は全部訂正して出しなさい」と制止されてしまった。近くの企業や銀行などへ配り始めた最中であり困惑した。すると隣の課の課長から助け舟が出された。「良いことをしているのだから水を差すようなことはしない方が良いのではないか」と。「むしろ応援してあげるべきではないか」と意見を言ってくれた。

課長はそれ以上のことは言わずに黙認してくれた。職場の同僚たちは、アンケートの配布から回収、集計にもよく協力し応援してくれた。

「親と子の絆を大切にする老人福祉を」というタイトルで、アンケートの結果を論文にまとめた。老人福祉の論文に応募し、全国で優秀賞と老人福祉文献賞を受賞した。副賞として十万円がついて来た。表彰は四国の松山で開催された老人福祉の全国大会の会場で行われた。出張扱いで二泊三日の旅費を出してくれた。母を連れて行き、大会会場の最前列で受賞の姿を見てもらうことが出来、ひとつの親孝行が出来た思いだった。帰途は母の故郷である倉敷に足を延ばし、母は女学校時代の親友に会うことが出来た。

職場では緑の受賞祝賀会が開かれた。福祉課だけでなく、保護課、ホームヘルパーなど福祉事務所挙げての盛大な会であった。緑は同僚の女性から大きな花束を渡され、胸が詰まって挨拶の声も出なかった。

ある日、区長室に呼ばれた。区長は緑が組合で執行委員や婦人部などで熱く活動していた時の労務課長だった人物である。何の用事なのかと、少し身構えながら区長室へ入った。促されるまま応接椅子に座った。

区長は老人福祉のことなど、いろいろと緑の意見や現在の仕事のことなども質問してきた。緑は持論や疑問など、日頃思っていることを精一杯話した。すると区長は「ところで」と言って、少し身を乗り出すようにして緑に問いかけて来た。

「ところで、以前真っ赤に燃えていた緑さんと、今福祉に燃えている緑さんとは、どげんつながっとるとかいな？」

と博多弁で少し緑を揶揄するように問いかけられた。

緑は「全く一直線です」と即座

老人福祉の論文で優秀賞を受賞

に答えた。

「それなら立派！」

と区長からも短い言葉が返って来た。

その年の年末には市長表彰を受賞した。二度目の市長表彰であった。

女性の昇任差別と「ケースワーカー」への道

その頃の職制では、課長は二等級、係長は三等級、主任は四等級となっていた。女性は主任にさえ、なかなかなれなかった。婦人部では昇任昇格の女性差別をなくすよう要求し、女性をもっと主任に昇格するよう要求を続けた。

その結果「特四」という制度がつくられた。主任ではないが給料は四等級並に上げるという屈辱的な制度だった。女性の中でも考え方はいろいろであった。給料が上がるのでそれで良しと考える人、女性にとって差別的屈辱的と考える人とがあった。緑もこのような制度の「特四」など絶対受け入れないと決めていた。そんな中である日課長から辞令を渡された。見ると何と「特四」の辞令ではないか。緑は反発を覚え、その場で「こんなものいりません」と言って返上した。課長は困った様子で押問答を

したが、緑は意を決しその辞令を持って区長室へ向った。区長室へ入り区長に向って強い口調で、

「こんなもの受け取りません。いりませんから返して下さい」

と言ってつき返した。

「そげんこと言わんで、貰っときないや」

区長は博多弁で押しつけようとしたが、緑は逃げるようにして区長室を後にした。その翌日、辞令が机の上に置かれていた。課長の机の上にまた戻した。辞令は課長が預かったままになったのか戻って来なかった。しかし翌月から給与が二百円程上がっていた。忘れた頃「特四」の辞令が家に郵送で送られて来た。

人事異動の時期が来た。ケースワーカーの仕事をしたいことを申し出た。それは課が異なるので人事異動を伴うものだった。

所長室に呼ばれた。希望を聞かれたので再度ケースワーカーの仕事をしたい旨を告げた。所長から「今あなたは係長への昇任が予定されている。今は変わらない方が良いと思う」と告げられた。緑はどうしてもケースワーカーの仕事をしたいと再度強く求めた。「昇任が遅れることになると思う」と告げられたが、それでも良いと申し述べた。やっと念願が叶い、保護課への人事異動が発令されケースワーカーになることが

出来た。
その頃はまだ女性のケースワーカーはいなかった。男性の係長は、女性が一人で家庭訪問することを大変心配し気を遣ってくれた。同僚の若いケースワーカーは全員先輩らしく細かいことまでよく教えてくれた。前任者が引き継ぎのため全世帯を同行訪問し紹介してくれた。

ケースにはいろいろな人がいた。はじめて一人で訪問した家には五十歳ぐらいの男性が一人で住んでいた。入口を入るとこれ見よがしに砥ぎ澄まされた刃物が五、六本並べてあった。「砥ぎ屋さんしているの?」と聞いてみた。「イヤー」と小声で答えた。「こんな物騒なもの、危ないからしまいなさい」と言うと男は案外素直に片付けてくれた。緑は少し安心し、健康状態などを少し聞いただけで辞去した。帰庁が少し遅れた。係長に今日の訪問先でのことを報告すると、「そんな時にはすぐ帰って来るように、そして次からは男性と二人で行くように」と言われた。心配をかけて申し訳なかったと思いながらも、次回からも一人で行くことを決めていた。その男性は次回訪問では心を開いたように昔の話や実兄が大分で農業をしていることなど聞かせてくれるようになった。初回訪問では試されていたのだと思った。

家庭訪問は定期とは別に不意に訪問することもあった。近所の人や民生委員等から入る噂などで実態を知りたいためであった。ある母子世帯は三十歳代の母親と幼児二人で、母親はパート勤めをしていた。偽装離婚で夫が時々来ているという噂だった。朝訪問した。来客中なのでと入室を拒まれた。泊まりのお客様ですかと尋ねた。「はい」と言って開けたままになっていた障子を閉めに行った。そばについて来ていた四歳ぐらいの男の子が「父ちゃんが寝ている」と言った。母親もその言葉を聞いた。その後母親から保護の辞退届が出された。

生活保護のケースワーカーの仕事から離れて六、七年経った頃、バスの中で声をかけられた。五十歳前後の女性である。見覚えのある顔だった。「その節はお世話になりました。ありがとうございました」と頭を下げた。すぐに思い出した。緑がケースワーカーをしていた頃に生活保護から自立した女性だった。

「お陰様で息子二人とも九大に行きました。下の子はまだアルバイトを続けています」と笑顔で報告するように話した。「新聞配達をしてがんばるから」とまだ中学と小学生だった息子たちに励まされ、彼女は生活保護を辞退した。生活保護の基準より低い生活になるかも知れないと思ったが、「がんばってみて、無理ならいつでも相談に来るように」と言って別れたきりだったのだ。礼を言われることはない。母子家庭の中、親子でがんばったのだ。喝采を送りたかった。

彼女は振り返りながら頭を何回も下げ、バスを降りて行った。

係長への昇任「福祉係長」「保護係長」

ケースワーカーを二年勤めたあと、係長に昇任した。何と、二年前まで老人福祉などを担当していた同じ係の「福祉係長」だった。何も同じところでなくても良いではないかと思いながらも、係長への昇任は嬉しいことだった。

その頃はまだ女性の係長は少なく、特に上級職や専門職でない女性にとっては遠い存在だった。以前、老人福祉の担当や、生活保護のケースワーカーとして勤めた職場だけに土地勘もあり、老人クラブや民生委員、地域の人たちとの顔馴染みも多く仕事はやりやすく思えた。

福祉係長は老人福祉、身体障害者福祉、精神薄弱者福祉、児童福祉、母子福祉の五法の他に手当の支給や家庭相談員、ホームヘルパーなどの嘱託職員に拘わる業務もあった。各々が相談から調査、支給や措置など業務は多岐にわたるが、一法一人という体制で職員は多忙を極める職場だった。

福祉係長になって一年程経った頃、NHKの朝のローカルテレビ番組に出演依頼があった。老人福祉についての現状や問題点などを司会者と対談方式で話す内容であった。緑は、老人福祉については日頃から問題点や課題など感じていることが沢山あったので、喜んで引き受けることにした。

親の扶養や介護の問題、老人ホームのあり方など、自分が思っていることを語った。

放送が終わった翌日、本庁の民生局に呼ばれた。

「あのような番組は本庁が出て話すことで、出先の職員が勝手に出るものではない」

と叱責された。そして、

「今後は、必ず相談するように」

とのことだった。

相談していたら、決して許可はされなかったに違いないと思った。

福祉係長を三年勤めた後、他の区の保護係長へ転任した。ケースワーカーの経験は二年であったがその経験は大いに役立つものだった。

保護課という職場は、多くの大学新卒の職員が最初に配属され、ケースワーカーという仕事を経験させられる、そんな慣習があった。社会経験も仕事の経験もない若者に、いきなり人間関係が重要な仕事をさせることに緑は疑問を感じていた。人間関係が重要だからこそ経験させるというのが人事の職員養成の方針らしかった。

緑の係にも毎年必ず一〜二人の新卒の若者が配属されて来た。ケースワーカーとして年期を積んだ経験豊富な主任が新人の養成教育を担当した。

この若い職員たちは、三年経てば人事異動で他の職場へ転任する。緑はその際役立つようにと、事務の基本を細かく教えることにした。若者たちはケースワーカーの仕事も事務処理の方法なども吸収が速く、伸びていくのが見えるようで将来が楽しみだと期待するのだった。

しかし新卒の若者に任せるには荷が重いケースもあった。生活保護では親族への扶養義務を重視している。親、兄弟姉妹、子どもたちへ扶養義務を履行してもらうため、所在を調査し、扶養を求める文書を送る。電話をかけることもある。


緑が担当している係の中で、国会議員を弟に持つ高齢の独り暮らしの女性がいた。それまでもその弟へ文書は送っていたようだが、返事がないまま過ぎていたようだ。担当ケースワーカーに代わり係長である緑が直接あたることにした。

改めて文書を送ったが返事は来なかった。連絡先を調べて電話をかけた。秘書を通じて連絡が取れ、本人から電話がかかって来た。一度来所するとの約束を得た。そのことを課長に報告すると、上司と相談されたらしく、面会は区長応接室を使うようにと言われた。

緑は、生活保護の扶養依頼の話なので、他の人と同じように面接室で行うと言った。だが、「それはいけない、相手の立場がある」と言われた。結局区長応接室は使わず、福祉事務所の所長室で話すことになった。当日、所長は外出し部屋を空けてくれた。

国会議員の男性は約束通り来所した。胸に議員バッチは付けていなかった。名刺を渡され挨拶された。その男性は、頭を低くし申し訳なさそうに、勧められた椅子に静かに腰を降ろした。

緑はその男性の顔を見ながら、ゆっくりと生活保護の扶養義務の主旨を説明し、実姉の扶養を求めた。

「よくわかりました。今後は自分の責任で一切面倒をみますから、生活保護は打ち切って下さい」

男性がそう申し出たのだった。そのことを一筆書いてもらった。本人に「辞退届」を提出させ、生活保護の廃止の手続きをとった。

その女性の生活保護を廃止して二カ月程経った頃、以前よりやつれた様な格好で女性が役所に現れた。事情を尋ねると、「弟は全く当てにならない。あれから連絡も送金も一切ない」とのことだった。世の中には信じがたい人間が存在するものであると

博多区福祉課時代に「はかたどんたく」に参加

思った。国会議員の男性への連絡を続け、かなりの時間がかかったが、何とか解決することができた。

春も過ぎて新入職員たちもだいぶ職場の雰囲気にも仕事にも慣れてきていた。職場の希望者全員での九重（くじゅう）登山が計画された。麓の温泉に宿を取り、前日の夜は控え目の宴会で翌日への楽しみを残した。登山当日の朝、一人の若者が何か叫んで慌てている。何かと思ったら、登山靴を右足だけ二つ持って来ていたのだ。靴ばかりは左右揃わないとどうにもならない。結局、登山靴はお荷物となり、自宅から履いて来た運動靴で登ることになってしまった。事件はもう一つあった。みんなでスイカを山頂で食べようということになり、若い男性二人が買い物に出かけた。特大のスイカを二個買って来た。スイカを運ぶためリュックを空にした。リュックはやっと各々一個が入る大きさであり、丸いスイカは背負いにくい。しかも重い。小玉で数が多い方が良かったと思いついたのは後の祭りである。割れないように気をつけながら若い男性が交替で背負った。気の毒で仕方なかったが、頂上で食べたスイカは最高だった。仕事は厳しかったが楽しい職場だった。

忘年会では係対抗の演出など趣向を凝らした出し物を披露し、部課長三人が審査員を務めた。当日まで秘密裏に練習し、寸劇やラインダンス、シンクロのまねごとなど大いに盛り上がった。どんたくの時期には、揃いのゆかたに花笠をかぶり、踊りながら行進したり舞台にも上った。

その年には厚生大臣賞を受賞し、年末には三度目の市長表彰を受賞し、職場の皆さんから盛大な祝賀会を開いていただいた。

厚生大臣賞を受賞の記念祝賀会

※次にあるのは、係長時代に地方自治職員研修誌「係長研究」に掲載された文章です。

新米係長この1年

松村 緑

昨年福祉係長に昇任したばかりの私は、新米係長である。発令を受けたとき先輩からいろいろな係長哲学のアドバイスをして戴いた。

その中で一年位は前任者のしたままを踏襲し自分のカラーを出すのは、二年目ぐらいからで良いということも教えられた。私自身そのように心掛けようと思っていた。

福祉係の業務は、老人・身体障害者・精神薄弱者・児童・母子のいわゆる福祉五法と手当四法を担当し職員10名、相談員3名、社協職員2名、家庭奉仕員24名の大世帯である。

相談や手続のため窓口を訪れる市民も多く制度や事業内容も多様で、その対応も複雑である。しかも職員はほとんど一人一人が異なる業務を担当し、各々に専門性が強い。幸せなことに私の場合は同じ事務所での昇任であり、気心の知れた練達した職員に恵まれたため、ほとんど各々の担当に安心して任せておけばよかった。係の雰囲気もよくて申し分ない。

　しかし間もなく最初の葛藤に見舞われたのは、小さなことではあるが処遇の内容は正しくても事務処理の基本の不十分さが目についた時である。些細なこととして当分は黙って押印するか、それとも正させるべきか迷った。先輩の注言もある、女性係長だから枝葉末節にこだわるように思われはしないか、昨日の同僚に注意する心苦しさもある。しかし係長が押印して課長へ回す以上自信と責任のもてるものとしてあげる責任があるのではないか、それが上司への責任ではないか、課長と職員の間での最初の苦悩であり試練であった。

　結局は先輩の注言に背くことになり、職員に対して小さなことでも基本を大切に正確に処理するよう求めることにしたのである。今省みてやはり早い時期に正したことはよかったのではないかと思っている。

　事務処理、接遇、環境整備など気づいたことのどの程度をいつどういう形で言ったら良いのか、これは甚だむずかしいことである。係長の人間性と日常の信頼性により影響は大きく異なってくることであろう。

　係長の人間性、信頼性は個人の人格、徳性から生ずるものも多いが、職場においては仕事に対する姿勢が大切なのではないだろうか。

　福祉係の場合業務により受け付け、支給等集中する時期に差があり相互協力や業務調整などをしなければ回らない。仕事の流れをよくする交通整理は係長の役割だと考えている。

また係全体の業務の現実を数字で把握したいと思い業務毎の詳細な統計、他区との比較、その上一カ月間毎日、来所者と電話応対について調査した。職員には余分な負担であり、苦情や抵抗もあったがより合理的、科学的な対応に役立つと考えたからであった。

その時は特別な目的があった訳ではなかったが、後日それが役立つ大問題に直面するとは全く予想もしていなかった。人員削減問題が起こったのである。係長はどう対処するか二度目の試練であった。

今福祉行政は低成長期、高齢化社会など様々な背景の中で福祉の見直しや改正の動きが活発で揺れ動いている。増大する福祉需要と反面では福祉抑制の風潮の中で職員は多忙を極めているのである。係長は業務の最前線を担当する責任者として職員の多忙さ内容の複雑さを最も良く知っているのである。上司にその実情を理解してもらう努力は係長に課せられた使命ではないだろうか。

福祉行政は施設など関係機関も多い。近隣の係との協力関係も欠かせない。また専門誌や新聞などからの情報にも目を配り関係者にも提供する。係長自身が広い視野に立脚しなければ良い仕事はできないと思っている。

私は時折企業と役所を比べて考えることがある。一つの職場を企業の組織として想定してみるとおもしろい。顧客からの窓口の印象、事務所のイメージ、職員の応対、能率性、合理性、経済性などである。役所は競争もなく売り上げや顧客を増す努力は要しない。それだけに真剣な努力が足りないのではないかと思うのである。大局を見失わず、旧例に拘らず新しい発想をもって抜本的に改善できないものだろうか。これも現場を知り職員とともに上司に進言できる係長ならではの立場ではないかと考えている。新米係長として模索をくり返している毎日である。

「婦人友好の翼」で中国広州市訪問

福岡市の友好姉妹都市である中国広州市へ友好都市五周年を記念する事業として、「福岡市婦人友好の翼訪中団」が派遣されることになった。昭和五十九（一九八四）年、第一次は団員百人の規模であった。

緑はさっそく応募した。

課題が出され、レポートを提出し、面接を受け、合否の通知を待っていた。すると担当部長から呼び出しを受け、一般団員でなく役員として行くようにとの知らせを受けた。出張扱いとなり、自己負担金も休暇もとらなくてよいこととなった。責任は重いと思ったが、事務局は婦人対策課の課長、係長が担っているのでその手伝いのつもりで参加することにした。十月八日から十四日まで広州市を皮切りに桂林・北京へと廻る計画であった。

十月八日(初日)

百人の女性を乗せたチャーター機は青天の中、二時間程で広州白雲空港に着陸した。空港では航空機の着地点まで多数の男女が歓迎の横断幕を掲げて出迎えてくれた。税関の手続きも簡単に済ますことが出来た。

バスに分乗し市街地へと向かった。車窓から見る街路樹は森林のように生い茂り幹には全て白い塗料が帯のように塗られている。虫除けだそうだ。

百人の団員は四班に分けられ、各々に若い行動力のある女性が班長に選ばれた。緑は二班に所属した。

ホテルで休憩のあと、広州市の職員の案内で金印少年遊園地を訪れた。五羊の像や、福岡市から贈られたというジェットコースターが設置されていたが人影は少なかった。

中山記念堂の孫文像の前で記念写真を撮った。ホテルに戻り泮渓酒家にて歓迎レセプションが開かれた。湖畔に建てられた壮大でシックな建物である。中国人や外国の旅行者で賑わっていた。

十月九日(二日目)

翌日は昼食のあと少年宮で交歓会が開かれ、福岡市からは「博多どんたく踊り」を披露した。

施設見学は班毎に分かれ見学先も異なった。二班は絹麻工場見学であった。歓迎の横断幕に迎えられ、工場長から詳しい説明があった。四、五百人が三交替で働いている。労働者の六割がここに住んでいる。赤ちゃんから中学生まで預けられる施設がある。生産に応じた収入が得られるようになって生産性が上がった。労働意欲も高まり生活水準も上がったなどの説明があった。人事では工場長は政府の命令できまり工場内の職長・班長は工場長が指名する仕組みだそうだ。

工場見学のあとは労働者の家庭訪問であった。工場内にある住宅で、若い夫婦と幼児一人の家庭であった。小ぢんまりとした清潔な部屋であった。中国語が話せないため、顔は合わせても会話も質問も出来ないのがもどかしかった。幼稚園、退職者の交流クラブなど、いたるところで歓迎接待を受け「上を向いて歩こう」を合唱したりした。折紙を友好の印として貰った。

移動のバスから見える光景は肥沃な広大な農地が拡がり、街に入ると店舗や住宅も多く、戦前の日本の農村を想わせる雰囲気であった。

一方、高層ビルの建設が目立ち、古い建物とのコントラストが強く感じられたが、十年、二十年先を見据えた街づくりの計画が着実に進行している姿が見えるようだった。夕食後、夜は雑技団の見学と盛りだくさんの歓迎行事が続いた。

十月十日（三日目）

広州市少年宮で記念植林を行った。白もくれんの樹が十本用意されていた。各班二本と役員で二本ずつ植えた。

更に座談会が行われ、中国広州市婦女連合会の役員や幼稚園長、労働組合女子部役員が出席され働く女性の環境、女性保護、家庭児童問題などについて報告された。老人問題も話題となり生活の保障、介護問題など、女性共通の話題は尽きることなく、世界共通の課題であることだと強く感じさせられた。

十月十一日（四日目）

次の訪問地「桂林」へはバスで向かった。途中は北海道を思わせる広大な農地を

郵便はがき

差出有効期間
2024年1月
31日まで
（切手不要）

160-8791

141

東京都新宿区新宿1－10－1
(株)文芸社
愛読者カード係 行

ふりがな お名前		明治 大正 昭和 平成 年生 歳
ふりがな ご住所	□□□-□□□□	性別 男・女
お電話 番 号	（書籍ご注文の際に必要です） ／ ご職業	
E-mail		
ご購読雑誌（複数可）		ご購読新聞 新聞

最近読んでおもしろかった本や今後、とりあげてほしいテーマをお教えください。

ご自分の研究成果や経験、お考え等を出版してみたいというお気持ちはありますか。

ある　　ない　　内容・テーマ（　　　　　　　　　　　　　　　　　）

現在完成した作品をお持ちですか。

ある　　ない　　ジャンル・原稿量（　　　　　　　　　　　　　　　）

書　名			
お買上 書　店	都道　　　　市区 府県　　　　郡	書店名	書店
		ご購入日	年　　月　　日

本書をどこでお知りになりましたか?

1.書店店頭　2.知人にすすめられて　3.インターネット(サイト名　　　　　　　　　)

4.DMハガキ　5.広告、記事を見て(新聞、雑誌名　　　　　　　　　)

上の質問に関連して、ご購入の決め手となったのは?

1.タイトル　2.著者　3.内容　4.カバーデザイン　5.帯

その他ご自由にお書きください。

(　　　　　　　　　　　　　　　　　　　　　　　　　　　)

本書についてのご意見、ご感想をお聞かせください。

①内容について

②カバー、タイトル、帯について

弊社Webサイトからもご意見、ご感想をお寄せいただけます。

ご協力ありがとうございました。

※お寄せいただいたご意見、ご感想は新聞広告等で匿名にて使わせていただくことがあります。

※お客様の個人情報は、小社からの連絡のみに使用します。社外に提供することは一切ありません。

通った。すると突然田圃の中に巨大な棒のような山が現れ、進むにつれてその数が多くなっていった。裾野が無い山など今まで見たことがなかった。平地から突然棒が突き出て来たような山々の風景は驚きであった。

珍しい光景の中を進んで行くと漓江下りの出発地点に着いた。小さな土産物の店もある。バスの周辺には貧しい身なりの子どもが数人みやげ物を売りに寄って来ていた。漓江下りはゆったりと流れる大河漓江を大型の観光船で山水画のような風景の中をゆっくりと下るのである。正に絶景であった。

十月十二日(五日目)

朝、桂林を発ち、正午近く北京の空港に到着した。北京では故宮博物院、天安門広場、万里の長城を見学することになっていた。

北京は広州・桂林とは異なり市民の服装はあか抜けているように見えた。

街は広州市よりも更に建設中の建物が目立ち、大型クレーン車が多く活動していた。しかしまだ路地には青い帽子の老人がしゃがみ込んでいたり、ざるを天秤棒でかついだ老人、籠に鶏や豚を入れてリヤカーで運んでいる男性の姿も見られた。

北京では北京市人民政府外事弁公室の男性から、北京市の概要の説明を受けた。街づくり、住宅政策、農村政策など数字をあげて詳しい説明がなされた。

天安門広場を見学した。広場は四十ヘクタール、百万人収容出来るとのこと。敷石は四方形で整列する際一人一人が立つのに丁度良いよう設計されていた。国家行事が度々この広場で開催されている光景はテレビで観ているのと同じであった。

故宮博物院は見事だった。五百六十年前、明の時代に建設されたもので、高さ十メートルの城壁に囲まれている。

故宮博物院は紫禁城とも言われ、世界最大の宮殿で中国を代表する世界遺産である。明の時代から清朝まで歴代24人の皇帝の居城だったそうだ。

仏像や陶器、書画、美術品など展示物の多彩さと建物の壮大さに感動した。

福岡市婦人友好の翼訪中団百人

十月十三日（六日目）

万里の長城へ、八達嶺から登った。

二千年前に造り始められその後秦の始皇帝が国家統一のために修理拡張を続け明の時代も造り続けられた。明時代以降は石と煉瓦が主な材料、平均七メートルの高さとのこと。電話など通信手段のない時代、馬車よりも速い情報伝達手段として最も有効だったとのこと。四つの要塞と四つの関所、二十の城壁と二十の城門があるとのこと。壮大な万里の長城からの風景も見事だった。

十月十四日（最終日）

快晴が続いた訪中の日程を全て無事終了し日航チャーター機で北京空港一四：〇九発、一七：四五福岡空港に無事到着した。

その後広州市からの友好訪問団を迎えることも増え、友好交流事業は今日も続いている。

福祉公社設立「主査」として

保護係長を三年勤めた後、人事異動があった。辞令には「民生局主査・市民福祉システム担当」の文字があった。市民福祉システムとは何だろうか？　地域で助け合いの組織でもつくるのか？　小学校区単位か町内毎か？　などと想像しながら民生局へ向かった。本庁十二階の民生局の中に新しくつくられた部署だった。

局長の説明によると、市民からホームヘルパーの希望者を募り、一定の研修を行ったのち、ホームヘルパーとして登録してもらい、利用者宅へ派遣するというシステムを構築しようというものであった。市長肝入りの事業だと聞かされた。

高齢化が急速に進み、核家族が増える中で、老人問題も深刻になっていた。老人福祉の担当をしてきた縁にもその実感はあった。それまでのホームヘルパーというのは「家庭奉仕員」という別称もあるように、家庭が安定していることが条件で、主婦のボランティア活動として位置づけられ、社会福祉協議会の嘱託職員として働いていた。週四日の勤務で、午前一件、午後一件の割合で高齢者や障害者の家庭に赴き支援する。直接現場に向かうことはなく、都度事務所からの出発、帰着、そして事務処理などを行うため確かに効率的ではなかった。

緑は新たに公社をつくらなくても現在の制度を改革すれば良いのではないかと思ったが、既にレールは敷かれており、方針が変わることはなかった。案の定、社協のヘルパーの労働組合から反対運動が起こった。親しくしていたヘルパーさんたちから、冷たい視線を浴びせられるようになり悲しかった。

平成二年、民生局・市民福祉システム担当時代

公社設立準備の組織は、課長級の事務局長の下に総務課と事業課があった。各々の課は係長級の課長と各々職員が一名と臨時職員が一名という体制だった。緑は事業課長だった。その頃まで他都市にも同じような組織はなく、初めての市民参加型の福祉公社は、その構想からつくり上げなければならなかった。全てがゼロからの出発だった。

まずヘルパーを募集する条件が必要だった。年齢、性別のほかに、市民に限定するのかという条件である。更に養成研修の内容をどうするのか、カリキュラムの作成、講師の選定と依頼、謝金、時間、研修会場の確保、テキストの作成、いつからどのようにして募集するのか、応募者はあるのか、多く集まった場合はどうするのかなど、課題は未知数だった。

研修のカリキュラムをつくってみた。公社の目的と理念、老人福祉概要、高齢者に多い病気の知識、介護実習、家庭でのサービスの仕方、調理実習などを中心に四十五時間の研修案をつくり上げた。

上司に伺いを立てると、「主婦が家事をするのに、何でそんなに研修が必要か」と指摘され、研修時間と研修内容をもっと短縮するようにと言われた。

緑は、仕事として他家でサービスをすることは自宅で家事をするのとは基本的に異なること、公平性、安全性、正確性が必要なこと、サービスの限界や、技術の習得などについて説明したが、あまり複雑で難しいことはしないようにと忠告を受けた。まず内部の上司から説得しなければならないことは予想外だった。

部下は若い優秀な男性の職員だった。頭の回転はよく、仕事は速く正確で、不十分な原稿でもパソコンを駆使して立派な書類に仕上げてくれるので大いに助けられた。

カリキュラム毎の講師の選定も困難を極めた。初めての事業なので参考にする例がないのである。公社の目的や理念については、緑自身が講師を務めねばならなかった。医学については保健所を退職された医師に頼んだ。介護実習は看護協会に頼み、車いす、入浴、歩行、寝返り、起き上がりなどの介助の仕方など、会場も看護協会の建物や設備を借りて行った。調理実習には料理学校や大学の調理実習室と講師も依頼した。講義の会場は民間の会議室を借りるなど綱渡りの研修だった。緑は研修会場に赴き、全体の進行を見たり、司会や講師なども務めなければならなかった。

ホームヘルパーの研修を受講した人に対しては、交通費と手当が支払われた。受講料を払うのとは逆である。なるべく多くの人に受講・登録してもらい、活動に参加してもらう必要があった。登録は強制ではないが、講習を受けただけで終わってもらっては困るからという苦肉の策であった。

緑はむしろ受講料を取った方が受講する人も熱が入り、仕事へとつなげてくれるのではないかと思ったが、上司の意向は強かった。

ヘルパー手帳の作成や、いろいろな書類の書式も定めなければならない。人手が足りず時間もなかった。いくら優秀なスタッフがいても、絶対的事務量があまりにも厖(ぼう)大(だい)なのだ。

事務局長に対し人員を増やしてくれと訴えた。頭の堅い事務局長は、人員要求するなら人事課に説明する資料をつくれと言う。資料とはどのような事務があり各々にどの位時間を要するのか、それを積み上げた上での人員の計画が必要だという。そんな資料をつくる時間がないではないか。事務局長は、「資料が出来ないなら人員は増えないだけだ」と他人事のように言い放った。

若いスタッフが徹夜するようにして資料をつくり上げた。

事務局長は事業課だけでなく総務課も忙しいからと、両課に増員するよう要求すると言ってくれた。一カ月程して一名の増員があったが、それは総務課だけであった。事業課では人員の増員もないまま毎日深夜までの残業が続いた。事務局長は残業することもなく五時になると早々に退庁していた。


公社設立の準備が進み、ヘルパー養成研修も何とか軌道に乗り始めた頃、国から「ゴールドプラン」という老人福祉の十カ年計画が発表された。特別養護老人ホームの増設やホームヘルパー制度の充実などである。

公社のホームヘルパー養成研修は三十六時間で設定していたが、国では九十時間と定められ、これによりホームヘルパー二級の資格を付与するというものであった。公社でも国の基準に沿うよう急いで大幅なカリキュラムの変更を行った。「主婦が家事をするのに何で研修が要るのか」と言っていた局の幹部は何も言わなかった。

ホームヘルパーの養成研修が軌道に乗って来ると、次は利用者の募集についての詳細を定めなければならなかった。募集の方法、仕事の中身、利用時間、利用料金、徴収方法、派遣のための調査、利用者とヘルパーのマッチング、そのための「調整指導員」という職員をどうするのか等、更に課題は膨らむばかりだった。

調整指導員は社会福祉協議会の嘱託であるホームヘルパーが適任であると思えた。しかしその労働組合は強く反対運動を続けている。その中で社協から調整指導員を求めることには心が痛んだ。緑は何れ和解して公社に併合されることを望んでいた。「調整指導員」を募集した。知り合いの社協のヘルパーさんから問い合わせが相次いだ。しかしそれを内密にして欲しいと頼まれた。緑自身、社協のヘルパーさんの間に溝をつくったり、不信感を起こさせるようなことはしたくなかった。

緑はヘルパー労働組合の幹部と個人的に話し合った。老人福祉のあり方や、国から出された「ゴールドプラン」などに基づいて話し合った。決して理解を得て納得してくれた訳ではなかったが、「調整指導員」へ応募することには反対しないと言ってくれた。四人の調整指導員が社協のホームヘルパーから入ってくれた。


その頃事務所は本庁から移転して民間のビルの一部を借りていた。本庁の十二階の時には深夜になると守衛さんが回って来たり、近くのビルの電気が次々に消灯になり「蛍の光」のメロディが流れ、深夜まで残業している現実が見えた。しかし、民間ビルの中の孤独な事務所は他所からの目もなく、人が深夜まで働いていることなど、想像もされなかったに違いない。

終バスもなくなり、タクシーで帰宅する日が続いた。身体は限界に来ていた。食欲もなく、帰宅するとベッドに身体を投げ出してそのまま動けない程疲れ切っていた。寝ても寝つけず、頭が冴えたように神経が昂(たかぶ)って自分の歯ぎしりの音で目が覚めるような日々が続いた。

過労死寸前だと思った。過労死を体感しているようだった。時間外手当を十五万円も貰った月があった。何時間分だったか知らないが、この頃はお金の問題ではなかった。身体を休める時間が欲しかった。このままビルの一角で倒れても死んでも誰も過労死などとは言ってくれないだろう。自分の心身の限界を感じていた。

今まで手がけ育て上げて来た完成間際の公社設立の仕事を離れる決心は辛く悔しかったが、身体がもたなくなっていた。このまま公社での仕事を継続すれば、オープン後は更に過酷になることは明白だと思えた。

オープン後は、現場で起こる様々な問題への対応は緑の肩にかかってくるだろう。断腸の思いで公社を離れる決心をし、人事異動を申し出た。軌道に乗りはじめ完成も見えていた時期だけに、異動は強く引きとめられた。ある幹部からは課長に推せんしたが一年足りないと言われたとのことだった。初級で採用された人は係長の在職期間が九年必要なのだそうだ。

今は昇任よりも健康問題だった。しかしここでまた「初級採用」という言葉が出て来た。しかも女性は係長への昇任も男性よりずっと遅れているではないか。杓子定規の規定だと思った。

異動は実現した。

区の市民相談室の広報相談係長だった。こんな楽な職場もあるのかと初めて思えた職場だった。間もなく公社はオープンし、開所式も盛大に開催されたようだが、緑への案内はなかった。平成十二年、介護保険の制度が制定された。その後公社は当初の役割を終え、民間企業へ移行することとなったようである。

市民相談室から福祉課長へ

区の市民相談室では「広報相談係長」を務めた。市政だよりの区版の作成と、市民相談である。係長の他に担当者二人と市政パトロール専用車輌の運転手一名で構成されていた。

市民相談には法律相談、職業相談など専門家による相談と一般相談である。各々に専門の相談員が対応した。

市政だよりは月二回の発行で、区版の題材を決め、取材、写真撮影などであった。

取材や撮影、パトロールカーでの見回りに担当者に同行するなど気軽な仕事だった。同じ役所の中でも以前の職場に比べるとその忙しさは天と地程の差があった。

市政だよりを担当していた青年はワープロが堪能だった。緑はその同じ機種のワープロを購入し、その青年から時間をみては習うことが出来た。

この職場に来てやっと心身の健康をとり戻すことが出来た。


ある日台風が起こった。市政パトロールカーの助手席に乗り、区民へ注意を呼びかけて回った。「ベランダの鉢などを取り込んで下さい」「外出は控えて下さい」「飛来物に注意して下さい」などマイクを通して叫んで回った。雨風はいよいよひどくなり役所に戻った時には交通機関は全てとまっていた。もちろんタクシーも走っていない。パトロールカーの運転手は自分の車で来ていた。家まで送ってくれると言われたが、「危ないから早く家へ帰りなさい」と言って断った。

何とかなると思っていたが何ともならなかった。家までの道程は七キロ程ある。歩き出したが吹き飛ばされそうな風と雨だった。

家では九十歳近い母が多分一人で二階の窓の雨戸を閉めようとしているのではないかと心配だった。早く帰らなければ母が危ないと必死だった。ホテルに泊まることなど考えもしなかった。雨風の中、何かが飛んで来ないかと心配しながら歩いて帰宅した。三時間程かかった。

やはり母は心配しながら待っていた。風雨の中でも帰宅してよかったと思った。

その頃、女性の係長はまだ少数だった。少ない女性係長の間で約束し合ったことがあった。女性も課長へ登用せよと叫んでも、候補者がいないではないかと言わせてはならない。「ここにいる」と言えるだけの仕事の実力と実績をつくっておこうと励まし合った。

役所という職場では、以前から夫が課長に昇進すると妻は自主退職するという不文律の慣習があった。能力も実力もある優秀な女性が退職していく姿が何とも惜しくて残念だった。自分たちの時代では課長への昇進は実現しないだろう。自分たちは礎(いしずえ)で終わるかも知れない。それでも良いではないか。きっと将来のための糧になると信じ励まし合った。


市民相談室の係長は一年だけだった。

係長在職九年という年数を満たしたのか、課長への昇進となった。

何と昇進して異動した先はまたもや以前と同じ職場ではないか。

福祉課長として舞い戻って来たのである。どうしてここばかりかという少々飽きた気持もあったが、慣れた職場という気易さと有り難さもあった。

仕事は福祉五法の外に生活保護法も加わり、福祉六法を包括する仕事である。区の社会福祉協議会の事務局長も兼務となった。福祉公社づくりの中で社協のヘルパーさん達と生じた確執もほぐれ、再び和やかにいっしょに仕事が出来るようになった。

人口の高齢化が急速に進む中で、福祉施策は老人福祉を中心に制度や施設の整備も進んだ。民生委員や老人クラブなど地域活動も活発になり「老人憩いの家」が小学校区毎に建設された。課長として地域へ出かける機会も増え、地域の人々との交流も更に深まっていった。

老人福祉センターでは老人演芸大会や囲碁将棋大会も行われた。民謡や舞踊、フラダンスなど洗練された見事な芸が披露され盛り上がりを見せた。大会の運営に携わっていた課の女性職員たちが自分たちもフラダンスを習いたいと言い出した。老人クラブを指導していた女性の先生が指導してくれることになり、仕事が終わった職場の休憩室でフラダンスサークルが生まれた。揃いの衣裳をつくり練習を重ね「博多どんたく」の舞台で踊ることもあった。

どんたくは博多の一大まつりである。街を挙げて、職場を挙げて盛り上がる。職場ではホームヘルパーに日本舞踊の名取りの先生がいた。どんたく隊をつくり昼休みに踊りを習い練習を重ねた。

男性職員たちはリヤカーに飾りを施し紅白の幕を張った山車をつくり大太鼓とマイクを装着し準備した。

どんたく当日は、男子は浴衣を端折って赤いステテコと草履姿、頭に「仁和加面(にわか)」を被る。女性は浴衣にピンク色のハッピ。赤い鼻緒の草履を履き、頭には花笠を被った。リヤカー山車を先頭に大音響の音楽と太鼓を打ち鳴らしながら町中を踊りながら練り歩いて行進する。ところどころに設けられた舞台に上がって踊ることもあった。

地域との交流も深まり、もう一つの博多の一大行事である博多山笠の見物を桟敷席へ招待されたこともあった。

充実した楽しい福祉課長三年間であった。これを最後に定年退職となったが、退職時の記念品餞別は、全庁職員から四百十五人から、四百八十口を贈っていただいた。

十五歳から六十歳まで四十五年間勤め、波瀾万丈だった職場生活の集大成の餞別だったと感慨深い思いだった。

平成七年三月、退職送別会

送別会の際、課の女性職員一同から博多弁でユーモア溢れる「表彰状」とバラの花のコーヒーカップが贈られた。今でも緑の大切な宝物である。

いつかある同僚男性が言った言葉が思い出される。

「松村さん程、言いたいことを言い、したいことをして来た人間はいない。女性だから出来たのだと思う。男性は失うものが多いから思っても出来ない。松村さんを羨しいと思ったこともある」と。

そして彼は笑いながら「役所で松村さんを知らん人はもぐりばい」とつけ加えた。確かに女性だから出来たことかも知れない。

今更のように同僚、先輩、後輩への感謝の気持でいっぱいになった。

市議会議員への立候補の要請を受ける

定年退職が近づいた頃、ある市議会の会派から議員控室に呼ばれた。

三人の幹部が緑を待っていた。翌年予定されている市議会議員選挙に立候補してくれとの要請だった。その会派から三名が退任することになっているとのことだった。

今日の高齢化の中で福祉の問題が重要になって来たが、この会派には福祉の専門家がいないのでとの理由だった。

緑は自分の居住区では働いたことも地域で何か活動したことも全くなかった。現在勤めているのは居住区と離れた異なる区である。そのことを述べると、居住区からでなくても良い。今勤めている区の二人が退任する。ある大物議員の地盤をそのまま譲るとのことだった。住民票を変えれば良い。時間的には十分間に合うと強く勧められた。緑は考えた。この会派は保守系である。議員は福祉だけで活動する訳ではない。緑は今日まで平和と民主々義、男女平等の旗印を掲げ、政治を変えるために革新政党を推して闘って来たではないか。福祉の専門家と言われても、保守から出る訳にはいかない。

緑は母が高齢であることを理由に断ることにした。

現に母は緑が退職する年には九十歳になるのである。それまで苦労をかけ、何かと力になって来てくれた母に対し、退職後は嘱託などのフルタイムの仕事には就かず、母と一緒にいる時間を多くしたいと思っていた。

遠くの職場の友人から、緑が市会議員に立候補するらしいとの噂が流れていると聞かされ驚いた。断ってよかったと思っている。

阪神淡路大震災で弟夫婦を亡くす

平成七（一九九五）年一月十七日、阪神淡路大震災が起こった。この年の三月には緑は定年退職の予定であった。そして四月二十八日は母の九十歳の誕生日である。この同じ日に福岡ドーム球場のすぐ横に「シーホークホテル」がオープンすることになっていた。ホテルオープンの初日に、ここで母の九十歳の誕生祝いをすることにし、早々に宿泊と宴会場を予約していた。

そして成人の日の一月十五日の夜、弟に電話をかけた。その日は祝日のため芦屋から淡路の家に帰っていたのである。弟は大学卒業後、淡路島で長く高校の教師をしていたが、その前年芦屋の高校に転任になり、単身赴任していたのである。弟もその妻も母のお祝い会には子ども二人を連れて喜んで出席するとの返事をもらった。

震災が起こったのはその二日後のことである。弟の単身赴任先である芦屋のマンションが倒壊し、弟夫婦が圧死してしまったのである。弟の妻は、淡路で小学校の教諭をしていた。翌日姫路で研修があるからと、たまたま弟の単身赴任先のマンションに一泊したことで被災してしまったのである。

震災当日の朝、テレビをつけると神戸の街の無惨な光景が映し出されていた。ビルは傾いたり倒れたり、民家は潰れて道を塞ぎ、高速道路はちぎれてねじ曲がっていた。放心状態の市民の姿があった。間もなくあちこちで火災が発生したが、水も道路も遮断され消火活動も出来ないと報道されていた。

芦屋はどうなっているのか？　淡路島はどうか？　心配は強まるばかりだったが、なかなか電話もつながらないのだ。まだ携帯電話も一般には普及していない頃であった。

淡路島の弟の妻の実家へ電話が通じたのは午後二時過ぎだった。妻の母も心配していた。学校から連絡が入り研修会は中止になったとのことで、そのことを娘に伝えようとするが全く電話が通じない。娘からもその夫からも何の連絡もないので心配しているとのことだった。この時間まで何の連絡もないなんて絶対おかしいと思った。

テレビでは神戸の長田町の火災現場をくり返し放映している。消火活動が出来ず火災は広い範囲に拡がり、犠牲者が更に増えている。芦屋はどうなっているのか？　情報がないもどかしさとともに、人間の無力さを悔しく思っていた。

弟と連絡が取れず心配が続いていた。弟の長男はその前年大学を卒業し新聞記者になっていた。緑は思い切ってその新聞社の支局へ電話をかけた。支局長によると芦屋の様子がよくわからないので調査している、様子がわかり次第行かせようとここに待機させているとのことだった。本人も父親のことが心配そうだった。

間もなく現場の情報が入り、マンションは少し傾いているが建っている。しかし、中の様子はわからないということだった。

長男はすぐにバイクで現地に向かい、途中で電話をかけてきた。道路が寸断されたり瓦礫で道が塞がれたり、そして照明のない夜道は時間がかかる。思ったより時間ががかかったらしい。

現場に着くと、確かに父親が住んでいるはずのマンションはあった。傾いていたが建っていた。父親の部屋は一階だった。飛び込んでみたら様子が違う。よく見るとそれは二階の部屋で、一階の父親の部屋は完全に潰れていたのだった。両親の遺体を発見した。単身赴任していた父親だけでなく、母親まで一緒だったのだ。

生きている人の救出が優先される中で、何とか自衛隊員の手により両親の遺体は運び出され、新聞社の車で瀬戸大橋を通り淡路島まで運んでくれた。新聞社の手厚い心遣いだった。葬儀は淡路島の自宅で執り行われ、福岡からは兄と姉と緑が駆け付けた。奈良や京都のいとこたちも来てくれた。新聞社の支局長は弟の長男に寄り添い、行き届いた世話をしてくれた。弟の妻の両親の憔悴し切った姿にかける言葉もなく、黙って手を握り、肩を抱くのが精一杯だった。弟夫婦はともに、五十四歳だった。

緑は震災直後、毎週現地に出かけた。その年は寒い冬だった。現地はほとんど全ての建物が倒れたり壊れたりして、駅のトイレも使えなかった。次週からは紙オムツを数種類購入してテストをし、トイレの代わりに使えるか吸収量を試した。大型のパットはトイレ一回分の尿を吸収し洩れないことがわかった。コートの中でパットは処理出来ると思った。ダウンコートを着、しっかりした靴を履き、リュックを背負った。九州からの鉄道は神戸の手前で通行止めとなっていたので、空路で関西空港から大阪経由で芦屋へと向かった。神戸も芦屋も当分復興は困難だろうと思える程の被害の大きさだった。大阪の街は、通常どおり賑わっていた。

芦屋は高速道路が倒壊した東灘のすぐ隣で、道路のアスファルトはめくりあがり、民家のほとんどは倒壊し、ビルは大きく傾いていた。

緑はカメラを持って行っていたが、心が痛んでカメラを向けることが出来なかった。写真は専ら弟が住んでいたマンションの骨組みがむき出しの倒壊した哀れな建物と廃材となったビルの柱や壁ばかりとなった。

危険だからと入室が禁止されていたが、弟が住んでいた痕跡が残る部屋にそっと入ってみた。本や家具が散乱していた。毎週通って倒壊したビルの横に線香と花を供えていたが、瓦礫は少しずつ片付けられ整地されていった。

弟のこと

緑は兄弟の中では弟と一番仲が良かった。そして思い出も多い。弟が母とともに東京から疎開して来たのは、緑たち三人兄姉より一年程遅れてだった。弟はまだ三歳ぐらいだった。緑は六歳年下の弟を可愛がり、遊びに行く時はいつも連れて行っていた。兎当番の帰り道アメリカの爆撃機【B-29】に遭遇した時も、自宅に爆弾が投下され、防空壕で抱き合って避難した時も一緒だった。

母も姉たちも福岡に出て働き、田舎の家で病気の父と弟と緑と三人で暮らした頃、弟が古下駄を拾って来て「これ燃えるでしょう」と得意顔だった。その弟を頭ごなしに叱ってしまったこと、弟の急に悲しそうな顔になった姿が思い浮かぶ。

弟が高校生の頃同級生の親友の父が亡くなり、アルバイトをしていたのを弟が手伝っていた。グラフ誌の販売だった。緑も協力する意味で購読した。その雑誌の懸賞に応募して一等が当たり、大阪往復の航空券が送られて来た。その頃はまだ飛行機に乗ることなどほとんどなく、役所の幹部の出張でも列車が普通だった。緑は大阪に行ってみたいとも飛行機に乗りたいとも思っていなかった。職場で話していると清掃車の運転手が高額で買い取ってくれた。それが緑の大学受験や旅費などに大いに役立つこととなった。

弟の大学四年間は福岡から離れ、家庭教師のアルバイトをしながらの厳しい学生生活だった。緑は毎月の仕送りを続けた。冬になって寒い日が続いた。当時弟はまだコートを持っていなかったようだった。緑は友人の父親の古着のコートを譲ってもらって送ったことがあった。後になって思えば、若い学生にとって老紳士の古着のコートは恥ずかしくて着られなかったに違いない。可哀そうな申し訳ないことをしたと悔いた。

弟が教師になりたいと言い出したのは中学生の頃だったように思う。小学校時代の担任の先生に強い影響を受けたようだった。

「僕は自分が出来なかったから、出来ない子の気持がわかる。だから僕は先生になりたい」

そう言っていた。生徒に寄り添える先生になりたかったのだ。実際高校の教諭になってからも、自分より背の高い生徒を「うちの子が、うちの子が」と言っていつも楽しそうに学校のことやクラブ活動のことを話してくれていた。

弟にとって子どもの頃の思い出は辛いことが多かったに違いない。弟は優しい性格の人間であった。緑にとってはかけがえのない深い絆の弟であった。

弟夫婦は春休みや夏休みなど、幼い子ども二人を連れてよく遊びに来てくれた。母はその孫たちが来るのを何よりの楽しみにしていた。

弟の妻は緑を「お姉さん、お姉さん」と親しく呼んで、学校のことや弟のことなども話してくれ、実の妹のようだった。二人の被災死は残念でならない。

弟の二男は震災当時、九大に通っていたので、学生の間は近くで成長を見守ることが出来た。

弟の妻は三人娘の長女だった。娘を亡くした両親は失意で病気がちとなり、相次いで亡くなられ、淡路島の家は空家となってしまった。

その後神戸では教育関係者の手で毎年「教職員と児童の追悼の夕べ」が開催され続けている。緑はほとんど毎年参加してきた。そしてその都度芦屋の弟が住んでいたマンション跡を訪ねた。そこには新しいマンションが建ち、塀がめぐらされ、弟が住んでいた場所には近づけなくなってしまった。

芦屋川も松並木も、以前と変わらぬ姿で美しく静かに佇んでいた。

弟夫婦の長男は、芦屋川のすぐ近くの教会で結婚式を挙げた。弟が住んでいたマンションが見える場所だった。

弟夫婦の長男も二男も各々家庭を持ち、親となり、社会の第一線で活躍している。亡くなった弟夫婦に現在の二人の子と孫たちの元気な姿を見せたかったとつくづく、残念に思うのである。

「社会福祉士」の資格を取って

高齢化が進む中、介護の問題はもはや家族問題から社会問題となっていた。このような背景の中で「社会福祉士」「介護福祉士」が国家資格として制定され、新しい専門職として生まれることとなった。

緑は福祉関係の業務を二十年以上続けて来たので、自分の仕事の集大成として「社会福祉士」の資格を取得することは当然だと考えていた。受験しようとしたら何たることだろう。受験資格がないとのことである。四年制大学を卒業していても福祉系の大学ではない。老人福祉担当も、生活保護のケースワーカーも福祉係長も、保護係長もそして福祉課長も福祉公社設立の主査も、全て受験要件の福祉の経験年数に反映されないのである。

制度上の矛盾と疑問を感じながら、改めて受験資格を得るために専門学校に入学しなければならなかった。

緑は名古屋の日本福祉大学の系列の専門学校の通信制を受講することにした。毎月送られて来る課題にレポートを提出し、年一回一週間程のスクーリングが行われた。高浜の海岸近くの宿舎から名古屋市内の本校に通った。宿舎は四人部屋で長野や群馬など全国の地方から集まっていたので、土地のこと、仕事のことなど夜遅くまで語り合い交流の場となった。卒業後も親しい交流が続いている。

専門学校卒業後の最初の試験は不合格となってしまった。

福祉関係の仕事が長かったので何でも知っているつもりになっていた。そのため受験勉強はほとんどしなかった。試験は細かい数字など、福祉の現場ではあまり必要ないような問題が多かった。予想していたような問題ではなかったのである。

次の年には気持を切り替えて臨んだ。厚生白書を読み、以前の問題を調べ傾向に沿った勉強をし合格することが出来た。

社会福祉士の資格を活かした仕事をしようと思った訳ではない。自分自身の仕事の集大成のつもりだった。

「介護支援専門員」を受験して

「社会福祉士」「介護福祉士」の資格制度と併行して、「介護支援専門員」という資格も創設された。いわゆる「ケアマネジャー」である。介護保険利用の際、利用者と施設や制度をコーディネートする役割の専門職である。

介護保険の発足に備え、医師、看護師、社会福祉士、介護福祉士などがこの資格取得に臨んだ。医療関係者は医療関係の科目が免除され、福祉分野だけで受験する。福祉関係者は福祉関係の科目が免除され医学関係の学科だけ勉強すれば良かった。

緑は医学関係の知識は全くなかったので、資格取得のためだけでなく、自分のためにも役立つと思い勉強にも力が入った。「高齢者に多い病気」「生活習慣病」「栄養管理」「救急処置」「薬の副作用」など、どれも関心と興味のあるものばかりだった。これらの医学関係の勉強が、その後社会生活、家庭生活の中でこれ程役立つことになるとは思ってもいなかった。

母の「幻覚症状」発生

「社会福祉士」「介護支援専門員」の資格を取得してから数年が経過していた。

緑が自宅の二階で寝ていると、階下で何か異様な物音がする。階下には母が寝ているのだ。耳を澄ますと音だけでなく母の声も聞える。話し相手もいないはずなのに、何か叱っているような声である。緑は急いで階下に下りてみた。

目に入って来たのは異様な光景だった。座布団や座椅子が積み上げられ、バリケードが築かれている。雑巾バケツに水が張られ、母は後ろ向きにテレビに向かって座っている。テレビはついていない。母は手に棒のようなものを持っている。何が起こったのか見当もつかなかったが、何か胸騒ぎがした。

緑はそっと母に近づいて「どうしたの?」と声をかけた。母は、「テレビの後ろに大きな蛇がいる。さっきまで向うに男の人が三人いて入って来ようとした」と言った。男の侵入を避けるためのバリケードらしい。バケツは蛇がテレビの向うから出て来たら火箸で挟んでバケツに入れようと思っているという。

そう言ったとたん急に立ち上がって大声で怒鳴った。

「どなたですか?!」

母は何回も叫んでいる。どのような制止も聞かないという気迫だった。

「男の人が三人あそこに隠れている」と暗闇を指さしている。

緑はこの母の異常な行動をどうしようかと、冷静になろうと自分に言い聞かせた。

朝までその場に一緒にいて、朝一番に病院に連れて行かねばと思った。

異常行動で思い浮かんだのが薬の副作用だった。すぐに冷蔵庫の咳止めの水薬を調べた。やっぱりそうだった。「コデイン」という咳止めの薬は、飲み過ぎると幻覚の副作用があると学んでいた。「コデイン」の水薬がなくなっている。まだ一週間分はあるはずなのだ。目盛りを間違えて飲んだに違いないと確信した。緑は自分がこの場で落ち着くこと、母を落ち着かせることで必死だった。

テレビの後ろに回って、「蛇はいないよ、向うに男の人はいないよ」と言いながら母と一緒に見て回り、「蛇」と「男」から母を守りながら朝を迎えた。

かかりつけの医院が開く時刻を待って、朝一番に電話をかけた。

母の幻覚らしい症状を説明し、咳止めの水薬を全部飲んでしまっていることを伝え、薬の副作用ではないかと思っていることなどを話した。病院に連れて行くとそのまま入院となった。病院のベッドで母は、「先生、天井にライオンがいます。網(あみ)を破って落ちて来そうです」などと訴えていた。

三日程入院して幻覚は治まり、母は元気をとり戻した。主治医は、「天井にはまだライオンがいますか?」と笑いながら尋ねられた。「いえもういません」と母も笑顔で答えていた。

あの時、薬の副作用と気づかなかったら、認知症を発症したと思って精神科の病院に連れて行ったに違いない。精神科の病院に入院している高齢の患者が、無気力で生気を失っている姿を見たことがあった。

介護支援専門員の受験勉強で学んだことが、このような形で役立つとは思いもしなかった。資格試験の勉強が役立ってよかったとつくづく思えた。

母と補聴器

母は次第に難聴がひどくなった。テレビの音量は外にも聞える程大きくなり、電話のとり継ぎでは聞き間違いを気にするようになっていた。

自分はもう電話には出ないと言い出した。補聴器を買い替えたら少し改善するかも知れないと思い補聴器店に相談した。すると、「もうお年だからこれ以上は仕方ありません。今つけている以上のものはありません」との返事だった。諦めなければならないのか、年齢から来る限界なのか、それならば仕方ないかも知れないと思った。

そんなある日、母が「耳に何か詰まっているような感じがする」と言い出した。耳の中のことは素人にはわからない。さっそく病院に連れて行った。油のような液体の薬を渡され、数日間、日に数回時間毎にその液体を耳の中に滴らすようにと告げられた。耳の中に液体を入れて良いものなのかと疑問に思いながらも、医師の指示に従い約束の日に再度病院に行った。診察が終わるまで外で待っていた。呼ばれて診察室に入ると、机の上の紙片には茶色の粉のようなものが小さな山をつくっていた。もしやと思ったら、そのとおりだった。母の耳垢だったのだ。「こんなにありましたよ」と先生が笑って指さされた。

医師は、「どうですか、聞こえますか?」と母に聞かれた。「よく聞こえます」と母が答えた。二人とも笑顔だった。恥ずかしいやら、有り難いやら。先生にお礼を述べ、補聴器をつくり替えたいので処方箋を書いて欲しいとお願いした。すると「こんなによく聞こえるのに補聴器はいらないのじゃないですか」と言われ、それもそうだと思った。

補聴器は全くいらなくなった訳ではなかったが、以前から使用していた補聴器で十分役立つこととなった。

家裁の「家事調停委員」の頃

市役所を定年退職した年の十月から、家庭裁判所の家事調停委員になった。知り合いの弁護士から調停委員の仕事について話を聞いたことがあった。自分でもしてみたい仕事だと思っていたので喜んで引き受けることにした。

その年の十月の採用は三人だけで、緑の他の二人は家庭裁判所で調査官や書記官を経験してきた経験も実績も十分なベテランで、その態度にも余裕が感じられた。

緑は法律の分野は全くの素人だったので、二人には気後れを感じながら研修に臨んだ。裁判所の所長の講話があった。裁判官という堅いイメージはなく、穏やかな人柄が感じられ少し安心した。

「あなた方に法律の専門家になっていただこうとは思っていません。法律の専門家は裁判所にいくらでもいます。あなたたち調停委員は市民の感覚で仕事をして下さい」

と所長は言われた。法律の専門家でなくて良いのだ。市民の感覚で良いのだ。そう思うと緑は少し肩の力が抜けて楽になったように思えた。そして所長は更に続けてこうも言われた。

「調停委員は申立人と相手方双方の言い分をよく聞いて折り合い点を見つけることであり、調停委員は自分の意見を押しつけたり説教をしてはいけません」と。

それぞれの言い分をよく聞くことなのだ。それなら出来そうだと、不安だった気持が少しずつ安心に変わっていった。

事務や実習、法律の基礎などの研修も受け、いよいよ本番のテーブルに就くことになった。調停室は小部屋に一つのテーブルが置かれ、調停委員は男女一名ずつ二人の委員でチームをつくり協力しながら進行するのである。

事前に申立書を熟読し、申立ての主旨と内容を理解した上で調停に臨む。控室は申立人側と相手方各々離れた別の部屋が設けられている。まず申立人を調停室に呼び、申立ての主旨と本人の言い分を聴取する。次に交替して相手方を呼ぶ。相手方に申立人の主旨を伝え、相手方本人の気持や言い分を聞く。これを数回くり返しながら、双方の折り合い点を見つけていくのである。調停が一回で終わることはほとんどない。期間を空けて二～三回続くことが多い。申立人の言い分が、相手方にとって全く寝耳に水という場合も多々あった。

家庭裁判所への調停申立は離婚に関するものが多い。これには子の親権、養育料、慰謝料、財産分与等の問題が附随してくる。親権は双方譲らず、結局は養育料と子への面会交渉についての協議となる場合が多い。

財産分与は深刻である。預貯金や不動産等プラスの財産がある場合は解決しやすいが、マンション購入などで多額のローンが残っている場合等が大変である。マンションを売却するのか一方が住み続けるのか、何れにしても双方とも大きな負債を抱え今後の生活に重い負担を残すことになるのである。それでも離婚という選択をする二人を黙って見送るしかないのである。


離婚調停の中で、子どもが発達障害である事例があった。離婚調停の申立ては夫からだった。夫は、妻の子どもの育て方が悪かったためだと主張し、妻を責め立てた。妻は子どもの発達障害について専門機関にも相談しよく学習もしていた。妻は夫に対して発達障害について説明し専門機関への同行も勧めたが、夫は全く聞く耳を持たず妻を責めるだけとのことである。調停の席でもそうだった。

緑は所長から研修の場で言われた言葉を思い出していた。

「調停委員は説教してはいけない。自分の意見を押しつけてはいけない。双方の言い分の折り合い点を見つけることだ」

頭にしっかり残っていた所長の言葉に頭の中は動揺した。

しかし緑は、福祉の職場で学んでいた発達障害について、その特性や子の養育について両親の協力がいかに大切であるか等心を込めて説明してしまった。夫に対する説教のようになってしまった。夫の気持ちを変えることは出来なかった。調停委員としてはやはり出すぎたことだったのか。考えさせられ、悩みは続いた。

また、離婚となった別の事例がある。妻からの離婚調停の申立てで、夫の定年を待っていたとばかりの申立てであった。妻は、夫との性格の不一致をずっと我慢して来たと主張した。夫は、定年退職後には妻との旅行や安定した生活が出来ると思い、定年退職後の生活を楽しみにして真面目に働いて来た、妻が不満や我慢をして来たなど思いもよらなかったと言った。

夫は妻に給料を全部渡し、家計の一切を任せて来ていた。相当な預金が貯まっていると思い込んでいた。調停の席で示された預貯金の額はゼロだった。妻は、預金をする余裕などなかったと主張した。派手そうにも見えないもの静かな女性であったが、夫に言わせると妻は長年かけて隠し財産をつくり自分を裏切って来たのかと思うと信じがたいことだったと嘆いた。男性の無念さに同情さえ感じたものだった。

調停には「親子関係不存在」を認定する申立てもある。遺伝子鑑定で九九・九％の確率で夫の子であると証明されても、否定する父親もあった。

家事調停の場は夫婦関係、家族関係等の人間模様が生々しく映し出される場であった。福祉の職場での知識や経験も少しは役だったと思っている。

調停委員会では年末になると忘年会が催されていた。裁判官や書記官なども参加され、隠し芸や福引きなども計画されていたが、今ひとつ盛り上がりに欠ける雰囲気があった。

ある年女性の会長から、今年の忘年会は少し趣向を変えて楽しくしようとの提案があった。緑は会長から声をかけられた。緑が以前職場でフラダンスを習っていたことを聞きつけ、有志を募るので教えてくれということだった。緑はとんでもないことだと思った。少しだけ習ったことはあるが、他人に教える程のことは出来ないと断った。その上で当時のフラダンスの先生を紹介したのだった。

会長の呼びかけに希望者八人が集まった。内緒で一曲だけ練習した。婦人会館では音を出してはダメと断られ、個人のマンション等で練習を重ねた。衣裳は借り集めたり買ったりして揃えた。

忘年会当日、八人は控室でフラの衣裳を着て首からレイをかけ頭にハイビスカスの花を飾り、出番を待った。

ハワイアンの軽快な音楽が鳴り始め幕が開くと、一列に並んで一斉に踊り出した。

最前列にはあっけにとられて驚いた所長の顔があった。忘年会に参加した一同皆、全く予想していなかった出し物だったのだ。

一曲が終わるとアンコールの合唱となった。しかし練習は一曲しかしていない。その場で相談の結果、同じ曲をもう一回踊ることにした。それでも喝采を浴びることが出来た。忘年会が終わった後も度々話題となり、調停委員同士の絆と親しみが強くなったように感じられた。

福祉専門学校講師

市内の福祉専門学校から非常勤講師の依頼があった。「老人福祉論」の講義を週二回、九十分の授業である。常勤の再就職は全て断って来たが、この程度の時間なら勤められると思って引き受けた。老人福祉論は専門だと自負していたので、割合安易に考えていたのである。いざ教壇に立つとなると、教科書の他に準備も必要である。いろいろな質問に備えた回答や、説明の資料も揃えなければならない。テストをすればその採点や、レポートの場合には全てに講評を書くなど、思っていたよりも大変な仕事であった。

その頃、自分の不注意で駅の階段から転落し、意識不明の状態で救急車で運ばれるという事故を起こしてしまった。肩甲骨や右手首、左足首の骨折などで一カ月程の入院生活となってしまった。ギプスや車いす、入浴も看護師の介助を要した。リハビリを続けたが右手は肩までも上がらず、黒板に字を書くことなど出来なかった。

講師を務めながらも、現場の実体験、実例に乏しいことで講義がおもしろくないのではないかと弱気になることもあったが、自分が介護を受けたことや、受ける身の心理など、貴重な財産になったことは確かだった。

しかし回復の道程はまだ遠かった。専門学校からは回復まで待つと言われたがこの際退職することとした。一年程して病院の窓口で声をかけられた。専門学校の卒業生ということで懐かしがってくれた。

しばらくして別の専門学校から講師の依頼があった。遠方の通信制の専門学校であった。九州出身の学生が地元の指定施設で実習を受ける際、講師はその実習先の施設に赴き、実習生と会い、施設から実習状況を聞き、実習記録を読み、面談し、報告書を提出するのである。実習先は九州一円に及んだ。長崎、熊本、宮崎、沖縄など、旅行が出来る楽しい仕事だった。しかし、専門学校が全国的に増加し、学生は講義も実習も近くで受講出来る環境となり、この仕事は必要なくなっていった。そして専門学校は大学に昇格したため、講師の仕事は終了することとなった。

「成年後見人」活動

介護保険制度がつくられる前は、老人福祉法によって老人ホームへの入所は地方自治体の「措置」により行われていた。介護保険制度により「契約」によって入所する制度となった。本人が認知症などで契約能力がない場合どうするのか？　そこで代弁する役割を任うために成年後見人制度がつくられたのである。

社会福祉士会ではその人材を養成し家庭裁判所からの要請に応じることになった。身寄りの親族がいない場合、市町村長がその申立てを行うことが出来るのである。

後見制度が出来た直後は、銀行も郵便局も戸惑い気味だった。後見制度がまだ浸透しておらず、預金通帳の後見人への名義変更や預金の解約など、窓口で随分手間どった。職員が集まり部厚い規定集のようなものを持出して調べたり、どこかへ電話をかけて問い合わせたりしていた。結局すぐには手続きが出来ず、四～五日して来てくれという始末だった。本人が急病で入院し、自宅へ一度も帰らないまま施設入所となったケースでは、住宅の解約や光熱水費の支払い、電気・ガス・水道・電話等の解約や家財道具の処分など、本人の意向を聞きながら処理しなければならなかった。

緑は、住んでいる市の市長申立第一号の成年後見人に就くことになった。初めての経験である。

担当の福祉事務所へ出向き情報を貰った。本人は身寄りのない女性の高齢者で、急病で入院したあと現在は精神科の病院に転院しているとのことだった。さっそく本人に会いにいった。面会室に連れて来られた女性は歩く足もおぼつかない。眼差しは空虚(うつろ)で、緑の存在すら認識していないように無言で立ったままである。緑が後見人になったことを告げ、名乗っても話しかけても眼中にない様子だった。名前を聞いても椅子を勧めても無言で座ろうともしない。出て行こうともしない。緑は困惑した。

しばらくして看護師が入って来て、様子を察したらしく本人を連れて出て行った。

看護師が戻って来ると本人の症状と病院の方針が伝えられた。

病院としては治療することはないので、特別養護老人ホームへ入所させてほしいということだった。福祉事務所からの情報で一応特養へは相談しておいたので、退院と特養への入所手続きはすぐに済ますことが出来た。

施設への入所の際は病院の車で看護師一人を同行してもらい、一時間程かけて無事施設へ到着した。

施設入所の事務手続きは手早く行われた。本人を施設の車いすに移乗させると、看護師らしい女性から簡単な質問や問診が行われ、すぐに迎えに来た介護職員に引き継がれた。五十歳代と思われるその女性職員は、車いすを押しながら本人に笑顔で何か話しかけている。緑は車いすの後ろから居室まで随いて行った。病室のようなベッドが並んだ四人部屋だった。窓からは明るい春の陽差しが心地よく、緑は穏やかな安心した気持になった。

本人が落ち着き施設に慣れるのを待って、一週間程して面会に出かけた。施設に連れて来た時とは人が変わったように本人の意識が清明としている。介護職員に伺ったところ、精神科の薬は飲ませないことにしているとのこと。「精神科を退院して施設に来られる方ではよくあることですよ」と言われた。

本人との会話はスムーズに行われるようになった。昔のこともよく話してくれた。市内で小間物屋をしていたとその町名や場所などもよく覚えていた。

結婚はしなかったので子どもはいない。身内は皆亡くなり、親戚はいないと言って紙に包んだ先祖の位牌と自分が建てたという墓の写真を見せてくれた。墓の場所を尋ねると、遠い山の中だと言い、詳しい場所は聞けなかった。

毎月一回程面会に訪問したが、その都度施設内の喫茶部に車いすを押して連れて行き、コーヒーをゆっくり飲みながら時間を過した。

ある時、何か食べたいものはないかと聞くと「熱いお茶が飲みたい」と言った。病院でも施設でもいつもぬるいお茶しか出してくれない。自分は熱い日本茶が一番好きだと言った。いつもコーヒーを注文していたが、本当はお茶を飲みたかったのだ。さっそく日本茶を出してもらった。あの時のおいしそうな表情と、嬉しそうな顔が忘れられない。

その当時郵便局の定期預金は十年預けると二倍になっていた。精神科から介護施設へ転所させた女性は質素な生活ぶりだったが十分な預金があり、施設への費用や日用品の購入に不自由はしなかった。

彼女は年月が経過する中で少しずつ認知症状が現れ、話の辻褄が合わないようなことも多くなり、しばらくして亡くなった。葬儀や納骨などどうしたら良いのか、裁判所へ相談した。「後見人の仕事は本人の生前の支援なので、死後のことについては関わらなくてよい」との見解が示された。それならば現実問題として葬儀や納骨など誰がどのようにすすめるのか尋ねた。裁判所の見解も死後事務について二つの説があると言われ、もう一つは成年後見人が死後事務まで務める方が良いという説である。裁判所としてはどちらにすべきかまだはっきり決まっていないということだった。

「それならば私は後者の説で、死後事務まで行う方を選択させていただきたい」と述べると了解を得た。

自分で墓まで建立している本人を、何としてもその墓に埋葬してあげたいという思いが強かった。絶対に無縁墓地に葬るようなことはしたくないと思っていた。

しかし本人が建立した墓地の写真はあるのにその所在がわからない。墓地を見つける手掛かりを探した。位牌から菩提寺が探せないかと、位牌の束を包んであった紙にあった寺の名前を葬儀社に尋ねてみた。寺は存在した。葬儀社としては枕経を頼む住職を早急に手配しなければならなかったが、早朝のことであり、恐縮しながらその寺へ電話をかけてみた。電話が通じその寺が菩提寺であることがわかった。その寺から住職が枕経にも来てくれることになり、施設の一室で職員も同室者も参列の下無事葬儀を行うことが出来た。

菩提寺から連絡を受けたと、幼い頃本人の小間物屋に遊びに行き、孫のように可愛がってもらったという女性が駆け付けてくれた。その女性は四十九日の法要も出席してくれた上、墓地の所在地も知っていると言い、その女性の父親の車で連れて行ってもらうこととなった。

墓地は県境の山の中腹にあった。雑木や笹が生い茂り墓に覆い被さっていた。女性と父親は掃除用具を持参してくれ、樹々の枝を払い草を刈り遺骨の埋葬を手順よく運んでくれた。そして、生前よく可愛がってもらったので自分が墓地を守ってゆくと言ってくれた。

その女性にも父親にも、本人の遺留金の有無は全く伝えていない。出来れば本人の遺留金をこの父娘に渡したいと思った。死後事務では遺留金は相続人がいない場合は全て国庫の収入にされるのである。緑はこの人の死後事務の最後として、女性には自分がこの人の墓を守って行きたいと思っていることを一筆書いて貰い、その書状を添えて本人の遺留金をこの父娘に引渡して欲しい旨の意見書を提出した。

数カ月して女性から電話があり、遺留金を受取ったとの連絡を受けた。金額は遺留金全部の半分程だったが、それでもよかったと思った。

後見人活動は五件受け持ったが、何れも印象に残るものばかりだった。

ある一人の女性は、両親の離婚後養護施設での生活が長かった。その当時は知的障害の施設に入所していた。面会を重ねるうち、本人がお母さんに会いたいと言い出した。叔母からは母親は死んだと聞されていたが本人は信じていなかった。本籍などを辿って母親の消息を調べた。母親は生存しており、老人ホームで生活していることがわかった。老人ホームに問い合わせたところ、母親は癌で入院中とのことだった。娘が母親に会いたがっていることを告げると、入院している病院を教えてくれた。病院を訪ね主治医の了解を得て母親本人との面会に臨んだ。顔見知りでもないため緊張したが、母親は体調が悪いのか意識が朦朧とした様子だった。娘が会いたがっていることを告げ、一応本人の同意を得ることが出来た。

病院の協力の下で母娘の面会が実現した。会話にならなかったが、娘は母親の手を握り、顔を見つめ、母親は確かな喜びの表情を浮かべた。記念写真を撮り、面会は短時間で終わった。

数日して病院から電話がかかって来た。「今日、明日の命と思われるので、面会させるならすぐ来るように」とのことだった。施設に連絡するとすぐに施設の車で娘を連れて来てくれた。緑が到着するのとほとんど同時だった。個室のベッドに横たわっている母親は目を瞑ったままだった。娘は母親の枕元に立ったが、どう声をかけたら良いのか困惑していた。娘は突然母親の顔に近づき耳元で大きな声で叫んだ。

「お母さん、産んでくれてありがとう」と。

母親の瞼（まぶた）が少し動いたように見えた。娘は母親の顔をじっと見続け、手を握っていた。しばらくして施設職員に促され、娘は病院を後にした。その夜、母親は亡くなった。

緑は施設に出向いて娘に会った。彼女は、

「お母さん泣いとったね、涙が出とったね」

と病院に見舞って母親に声をかけた時のことを何回も口に出していた。娘の目にはそのように見えたのだ。

「そうね、お母さん嬉しかったのよ。あなたが『お母さん、産んでくれてありがとう』って言ったこと。お母さんその嬉しい気持を持って天国に行かれたのよ、きっと。いつまでも天国からお母さんはあなたを見守っていて下さると思うよ」

と話した。形見として老人ホームの施設長から渡された母親の腕時計は、娘の引き出しの中に大切にしまわれている。「お母さんは亡くなった」と言い聞かせていた叔母から後見人は恨まれた。「死んだことにしておいてよかったのに」と言われた。

「母親に会うのは子どもの権利だと思います。母親も娘も生きているうちに会うことが出来、両方とも涙を流して喜ばれました」

緑はそう叔母に伝えた。叔母もすぐに理解を示され、葬儀に参列するためにと喪服一式と靴、靴下まで揃えて届けてくれた。

親戚が執り行った郷里での母の葬儀に、娘は施設の車で送迎してもらい参列することが出来た。娘は母と会えてよかったといつまでも喜んでくれた。施設に面会に行く度に、母親の形見の腕時計を引き出しから大切そうに出して見せてくれた。

成年後見人の活動は責任が重い。途中で放り出すことは出来ない。そのため緑は自分自身が高齢になったことを自覚し、健康なうちにと、昨年全ての成年後見人を辞任した。

介護保険認定審査委員

介護保険の認定制度は、介護保険制度の発足に伴って新設されたものである。介護保険を利用するために本人の要介護度を決めなければならない。調査員が本人の身体状況などを調査し、主治医が医師としての意見書を書く。これらのデータからコンピュータで一次判定が出される。これを更に人間の目線で審査判定する仕組みになっている。

平成十二（二〇〇〇）年に介護保険制度が発足した。一年間の試行が行われた。委員会は五人の専門職で、医師、看護師、社会福祉士、介護福祉士、理学療法士で構成され、緑は社会福祉士の代表として参加した。試行であるため会議の都度、行政関係者や医師など多数の見学者が並んで見守っていた。

初めての事業であり、試行の中で出された意見や問題点は改善の参考にされる。緊張した会議の中でもしっかりと発言し、意見を制度に反映させなければと意気込んでしまう。つい会議は長時間となってしまうのであった。

会議は各々の専門職が昼間の通常の業務が終わってからであるため、週一回午後七時から始まった。

一年間の試行期間を経て、翌年から正式に全国で「介護保険認定審査委員会」は発足した。認定方法や認定基準は変遷を遂げながら続けられ、二十二年目を迎えた。緑は試行期間を含めると二十三年間続けていることになる。

地域のこと、母のこと

緑が定年退職をした年に、母は九十歳を迎えた。母は心身共に健康で家事一切を引き受け、地域の人たちとも親しくしていた。

緑にとっては有り難い存在だった。緑にかかってくる電話をメモし、急ぐことは携帯電話にかけてきてくれ、母もよく緑の秘書のようだと冗談を言いながらも努めてくれていた。

母は永年、父の病気の世話や父に代わって勤めに出て一家を支えるなど苦労の連続だった。その姿を緑は見て来ていたので、退職後は母を楽にさせてあげたい、楽しみを多くしてあげたいとそれを一つの目標に決めていた。そのためフルタイムの再就職の道は選択しなかった。

母に代わって家事一切を引き受けることを考えていた。母と一緒にいる時間が長くなると、ちょっとしたことで衝突が起こることがあった。

物の置き場所や家事の手順など、小さな違いが気になり、「どうしてこんなところに入れるの」などと、母が今まで習慣にしていた物の置き場所や家事の手順などに意見を言うことが出て来た。

「そんなことを言うんなら、今後は一切あなたが好きなようにしなさい、お母ちゃまはもう何もしないから」

といつになく強い口調の言葉が返って来た。そのとたん緑は気がついた。母が今まで築いて来た習慣に、自分が土足で踏み込んでしまったのだ。申し訳ないことをしたことに気づき母に謝った。

それからは小さなことでも母と相談しながら、母が築いて来た習慣を尊重し、母の自尊心を大切にして過ごそうと心に決めた。

地域のことでも母は先輩だった。老人クラブの役員を頼まれたり、近所の人が相談に来たり、町内でも頼られている存在だった。

緑は勤めや学校などで昼間家にいることは少なく、地域のことは全て母に任せていた。退職後は何か地域のために役立ちたいと思い母に相談した。

町内会長から町内の会計をしてくれと頼まれ二期四年を務めた。更に民生委員を引き受けることとなり、少しずつ地域の人たちとのつながりが出来て来た。福祉の仕事の経験は役立ったと思っている。

更に老人クラブの会長を頼まれた。老人クラブが解散の危機にあるとのことだった。役員体制を整え、事業計画や予算を立て、規約を整備し少しずつ軌道に乗せていった。輪投げ大会や老人ホームの施設見学など、楽しみと役立つ行事を併せて計画した。二期四年を務めることとなった。母が地域へつながる道をつくってくれたのだと思うと、感謝の気持でいっぱいだった。

母との旅行

母は、自分は乗り物に弱いのでと、旅行に誘ってもなかなか重い腰を上げようとしなかった。緑は忙しい時期が長く、母も遠慮していたのかも知れない。

母の兄の葬儀で東京へ

東京に住む母の兄が八十歳で亡くなった。母は兄との二人兄妹だった。葬儀の案内が届いたが、母は「乗り物に酔うので行かない」と言った。

「たった一人のお兄さんの葬儀に行かないなんて。私が連れて行ってあげる」

と、緑は半ば強引に言って重い腰を上げさせた。

東京へ行くのは、戦時中の疎開以来初めてである。

伯父の家は小田急沿線の玉川学園近くの小高い丘の上にあった。自宅での葬儀であった。母が結婚前に兄の家に寄宿し、青山女学院に通っていた頃三歳だった長女が喪主を勤めた。

葬儀が終わり三十余年ぶりの東京を見て帰ることにした。「はとバス」に乗った。皇居や浅草など、思い出深い東京を見て、来てよかったと喜んでくれた母は、列車にもバスにも酔うことなく自信がついたようだった。

緑は今まであまり実現出来なかった旅行を計画することにした。母との二人旅もしたが、姉との三人旅も多くなった。

野辺山(のべやま)・八ヶ岳高原

長野県の野辺山には、父方のいとこの赳(たけし)さんが別荘を持っていた。赳さんは大学教授をしていたので、夏休みはずっといるのでと誘ってくれた。途中東京で一泊し、小(こ)海(うみ)線の白樺林を車窓から眺めながら野辺山駅に到着した。日本で最高の高さにある駅だそうだ。別荘はそれからずっと続く松林の奥の方にあった。

昭和六十二年、母と姉と八ヶ岳高原ヒュッテにて

二階のベランダからは八ヶ岳の美しい山々が望めた。そのいとこは大学時代ワンダーフォーゲル部で八ヶ岳に登り、その魅力でここに別荘を建てたと言っていた。

やはり美しく涼しいところだった。一番驚いたのは夜の星空だった。星ってこんなに沢山あるのか。星同士がぶつかりそうに密集して輝いている。いつまででも見続けていたい光景だった。

翌日、八ヶ岳高原へ行った。途中に八千草薫さんの別荘があり、真っ赤な四駆の車が停まっていた。自分で運転されるのだそうだ。

八ヶ岳高原には徳川家の別邸だったといわれる木造と白壁づくりの大きな建物があり有形文化財だと説明された。聞くと泊れるとのこと。珍しいので宿泊を申し込んだ。案内された部屋は二階の大きな洋間だった。ともかく暑い。窓が閉まっていて冷房も効いていない。急いでフロントに連絡すると、何やら大工道具のようなものを持った男性が現れた。どうするのかと思っていると、釘で打ちつけられている窓を釘抜きで開けるというのである。「少し虫が入って来るかもわかりません」とつけ加えられた。つまり文化財なので冷房はつけられないのだそうだ。

置いてあるソファに腰を下ろした。背もたれと思ってもたれたら、それは置いてあるだけの物で後へころりと落ちた。危うく転んで柱で頭を打つところだった。何と、柱には縄のようなものが巻きつけられており、「これはもしや頭を打った時の用心に巻いてあるのだろうか」と三人で大笑いした。

石造りの風呂場は水はけが悪く、夕食のフランス料理は忘れた頃に出て来る始末。見かけとは裏腹だった苦く楽しい思い出となった。

翌朝散歩していると、旅行者らしい女性から声をかけられた。

「ここにお泊まりになったのですか。すばらしかったでしょう」

と話しかけられたのである。一部始終を話す訳にもいかず曖昧な返事をして別れた。

八丈島と日光

母は八丈島に住んだことがある。

父は東京警視庁外事課に勤めていたが体調をくずし、閑職を求めて八丈島の警察へ転勤したのだ。兄は二~三歳頃で、姉はそこで生まれたので生まれ故郷である。

八丈島へ行ってみようということになった。兄も同行したいという。ともかく四人で八丈島へ旅することになった。

八丈島には菊池姓が多いと聞いたので、昔のことが聞けるかも知れないと「菊池旅館」という名の宿を選んだ。

昔は船しかなかったと母は語っていたが、今でも羽田からの飛行便も少ない。しかも天候の具合で引き返すことも多いとのことである。

その日も天候はあまり良くなかった。飛行機が飛ぶかどうかさえ、ぎりぎりの時間までわからなかった。離陸しても着陸できるかどうかは不明だと何度も聞かされた。引き返すことも承知で何とか離陸した。小型の飛行機だった。二時間も飛んだかと思った頃、着陸寸前にさっと霧が晴れ、無事着陸することが出来た。

予約していた「菊池旅館」は、思っていたとおり昔からあったような宿だった。五十年も昔のことを聞いてみた。宿の人は知らなかったが、土地の人に聞いてみてくれた。おぼろげに覚えているという人が宿に訪ねて来てくれ、覚えていることを話してくれた。母にとっては懐かしい話だったようだ。島には明日葉（あしたば）が茂っていた。八丈島から見える八丈小島は、今は無人島になっているとのこと。警察の仕事をやめた父は、八丈小島に新しく出来た小学校の校長になり、母が島の娘たちに裁縫を教えたりした。母にとっては忘れられない思い出の土地なのだ。

島の名物の闘牛を見物したり、八丈太鼓を聴き、黄八丈の織物を見たり買ったりして東京へ戻った。

兄はそのまま福岡へ帰ったが、母と姉と緑の三人は日光まで足を延ばした。

鬼怒川温泉に泊まり、翌日、日光に向かった。東照宮の建物は通常の神社の静寂で荘厳な雰囲気とは異なっていた。建物の雰囲気も彫刻も珍しく、さすが左甚五郎の作と緻密さに感心したが、少しくどい気がした。

華厳(けごん)の滝を見に行った。滝というには流水が少ないのに驚き、がっかりしていたら、隣にいた観光客が教えてくれた。

「あの水は水量を調節出来るようになっているんですよ。今日は観光客が少ないから締めているのでしょう」と。

半信半疑ながら少し納得していた。

北海道

北海道旅行は、いとこの趙さんから北海道にいる教え子が誘ってくれているからと誘われた。母も姉も一緒である。ぜひにとの強いお誘いを受けて、そのお宅に泊めていただいた。

夕食には海の幸の魚介と、中央の大皿には最大級の蟹が鎮座していた。北海道ならではのご馳走であった。

翌日は車を走らせ、熊を食べに行くという。熊なんて食べられるのか？　どんな味がするのか？　興味津々だった。一時間程車で走って着いた所は、閑村のようなところの小さな店であった。珍味ではあったが硬くて食べられなかった。あまりおいしい味はしなかった。その後、珍しい魚を見せてあげると水族館に連れていかれた。「いとう」という北海道の魚だそうだ。光り苔も見に行った。更に釧路の魚市場に寄った。蟹も魚も種類も多く昨夜夕食に出されたような大きな蟹が沢山並んでいた。やはり北海道は海の幸が豊かであると実感した。登別温泉ではちょうど祭の日と重なり、夜店も並んで賑わっていた。母も姉も鬼の面を額に被り夜の温泉街を散歩した。

翌日からはいとこ達と別れ、母と姉との三人旅となった。摩周湖への道では、母は大きな蕗の葉を日傘のようにかざして歩いた。

羅臼（らうす）の宿は海に近く、早朝海岸で小石や貝殻を拾ったりした。

乳牛の牧場では、おいしい牛乳を飲み、姉が牛の声色をまねて「も〜う」と叫んだりしていた。

帰りの列車の車窓からはサラブレッドが広い緑の牧場の柵の中を走っている姿が見られた。

香港・マカオ

母にとっては初の海外旅行である。姉と二人で計画した。母は海外旅行なんて初めてだと喜んでくれた。福岡空港から二時間程で香港の啓徳空港である。空から見ると海岸近くまで高いビルが林立している。あまり見ない光景である。

街の風景もまた珍しかった。中国語と英語が同居している。高層ビルの部屋の窓から物干し竿が道路に突き出し洗濯物が干してある。狭い土地ならではの工夫した光景である。林立している建物の横に更に新しいビルが建てられようとしている。その足場を見て驚いた。何と全て竹なのである。日本では足場は鉄パイプがボルトでしっかり固定されビクともしない安心出来る構造になっている。香港のビルは日本より高層であるのに、建築用の足場は竹の棒が紐で結ばれているようである。これで安全なのか、今まで事故はなかったのか。なぜ鉄パイプを使わないのか不思議だった。

母と姉との香港旅行での一枚

ホテルで一休みして夕食は予約

していた外の店である。アバディーンの海上レストランでまるで龍宮城を海上に持って来たような建物だった。珍しい雰囲気と数々の美味のご馳走に母は、「こんな幸せはない」と言って喜んでくれた。

翌日街を散歩していると宝石店があった。母が二人に何か買ってあげると言う。こんなところで急な買い物をするものではないよと二人で止めたが、母は店に入って行った。「見るだけにしておこう」と、母を止めたが、母はじっとショーケースを眺めていた。

「記念に二人に買ってあげる」

と言って小さなルビーが数個散りばめられている指輪を買ってくれた。二人は買ってもらったばかりの指輪を着けて歩いた。

その日はマカオに行くことにしていた。何やらギャンブルをしようというのである。ギャンブルはやはり興奮する。

マカオに着くとギャンブル場（カジノ）はすぐ近くにあった。姉はここでは各々別々に行動しようと提案してきた。それも良いだろうということになった。姉はさっそく一人でどこかへ行ってしまった。母と緑はカードゲームの手さばきに見とれたり、スロットマシンの数字の動きを追ったり、いろいろなゲームを見て回った。

しばらくすると姉が、コインがいっぱい入ったバケツを提げて現れた。スロットで勝ったのだそうだ。見に来ればよかったのにと姉は自慢げに喜んでいた。

香港に戻ると夕食は姉が思いっきりご馳走すると言うので、町を見て回り、一番おいしそうな中華料理店で最高のフルコースを味わった。あの時のフカヒレの味は最高だったといつまでも語り合った。

軽井沢

姉が軽井沢に行きたいと言う。それではと緑が計画を練り、母との三人旅となった。宿は軽井沢らしいところをと思い、杉林の奥の閑静な宿を取った。小鳥の声が美しく響く宿だった。

宿に着くと姉が、

「こんな淋しいところは好かん。どうしてもっと賑やかなところをとらなかったの?」

と半ば緑を責めるような苦情をもらした。母は、

「いい宿よ。静かで落ち着くわ」

と言って喜んでくれた。

姉は「一人で遊んで来る」と言って出て行った。食事前に戻って来たが、軽井沢銀座に行って買い物や散策して来たと満足気だった。姉は賑やかなところや人が多いところが好きな性格である。

その日の夜はたまたま宿の隣のお宮で夏祭りが催された。夜店や太鼓の音につられ三人揃って祭りに出かけた。盆踊りもあり賑やかで姉も満足気だった。

翌日は姉がまた軽井沢銀座に行きたいという。三人で散策や買い物を楽しみ、美智子妃が皇太子と出会ったといわれるテニスコートなどを見て帰った。

更に鬼押出しにも足を延ばし、流れ出た熔岩の姿に震災の恐ろしさを実感した。

帰途は篠ノ井（ささのい）線に乗り横川で釜飯を買った。

母が二人の娘と旅行出来る喜びを口にしていた時、「姨捨（おばすて）」という駅が近づいていた。姉と二人、

「次の駅で捨てられるのも知らず、幸せだと言っている」

など小声で笑いながら話していると、母が「何を笑いながら話しているの?」と問い返して来た。

「永い間お世話になりました。次は『姨捨』なの。次の駅でサヨナラね」

などと冗談を言いながらの旅であった。

霧ヶ峰・車山など

玉川学園に住んでいた母方のいとこの美智子さんとは久しく疎遠になっていたが、母の兄の葬儀以来特に親しく往き来するようになった。美智子さんは白樺湖の近くに

小さな別荘を持っていた。美智子さんのご主人の運転でよく出かけ、冬はここを足場にスキーを楽しむそうである。自分で設計したという建物は、赤い急勾配の三角屋根が特徴的な二階建てだった。簡単な炊事が出来、コーヒーなどの備えもあった。

夕方、管理事務所に頼んでいたという山女の塩焼きが届けられた。

この別荘で一泊したあと、霧ヶ峰の最高峰、車山までドライブ旅行である。山頂にはニッコウキスゲが満開で生い茂っていた。

富士山

美智子さんのご主人の運転で富士山にも行った。宿は山中湖畔で富士山全景が真正面に望める最高の立地であった。

富士山はいつ見ても、いつまで見ても見飽きることはない。八月の初めにはここで花火大会があるとのこと。今なら予約が取れると教えてくれた。ここで見る花火は絶景だろうと思ったが、予約はしなかった。

富士山へは五合目までは車で行ける。車では富士山に登ったという実感は湧かないが、五合目には登山姿の若者が多く、登山の雰囲気は感じられた。五合目から少し歩いて登ってみた。溶岩が砕けたような黒い細かな砂利のような石粒で足が滑りやすい。転びそうなので少し登っただけで降りて来た。平地の道路で母が転び膝を擦りむいてしまった。靴下が破れ膝小僧から血がにじみ出した。タオルを濡らし、水で洗ってハンカチで包帯代わりにした。宿に戻って簡単な手当をしてもらったが、硫黄混じりの砂利は傷口が治るのに時間がかかった。

ハウステンボス

母の九十三歳の誕生日を長崎のハウステンボスで祝おうと、姉との三人旅行を思いたった。母の年齢を考えてあまり遠方でなく、歩く距離も少ないところを選んだのだ。園内の運河を船でめぐったり、周遊しているバスを使えば楽だと思ったからである。姉は熊本の阿蘇から来るので途中で落ち合った。母は杖をついたことがなく、ハウステンボスでもしっかりとした足どりで心配なかった。

園内はチューリップが満開でいかにもオランダの風景で、風車などとマッチして美しい。母はすぐに船に乗るのではなく園内を歩こうと言う。色毎に区切られ整列して植えられたチューリップの花畑は広大で花は丁度見頃だった。

母は四月二十八日が誕生日である。

しばらく散策したあと運河を船で運ばれ、目的のホテルに到着した。

夕食には誕生祝いとしてケーキを添えた。母は何度も礼を言いながら、子どもたちには苦労をかけて来たのに申し訳ないと謝りながらも喜んでくれた。母との旅行はこれが最後となった。

母は百歳まで元気に生きたが、ハウステンボスの写真が遺影となった。

母九十三歳の誕生日にハウステンボスにて。右から姉と母と緑

昭和六十三年十二月兄の長女嘉子の結婚式で。左から兄、緑、母、姉、弟。最後の家族写真となった

母との旅行はまだまだ沢山あった。姉の夫の運転で九州各地は度々、萩・津和野・松江など山陰にも行った。飛騨高山から白川郷へも行った。金沢・京都・大阪・高野山にも行った。

高野山には母の兄の墓がある。母はテレビを観ながら、全国各地へ旅行に連れて行ってもらったのでもう行くところはないと言った。緑は「そんなことはない。まだまだ沢山ある」と言って希望を持たせようとした。

母との旅行はどの一つをとっても思い出深い。母が喜んでくれたことが何より嬉しかった。母への感謝の気持だった。

母の短歌とエッセイ『残照』を上梓

父が亡くなったあと、母は気落ちしたように病気がちになり、家からあまり出ない日が多くなっていた。

そんなある日、母が短歌を始めたいと言い出した。女学校の頃少し短歌と親しんでいて、楽しかったことを思い出したようだった。

知人に相談すると、ある短歌のグループとメンバーの一人を紹介していただけた。母は次第に元気になり、毎月の例会と作歌を楽しみにするようになった。毎月月刊の短歌誌に掲載され、歌誌はダンボールの箱に入りきれない程溜まっていった。

これをどうしようかということになった。母の作品を全て掲載された歌誌から選び出しコピーした。部厚いコピーの束が出来た。

緑はこれを本にしようかと提案した。どの位費用がかかるものか、どこに相談するか迷ったが、母も自分の歌集を一冊にまとめることには気持が動いていた。コピーして何冊かを作ろうかとも考えたが、ある出版社へ相談してみることにした。編集の担当の男性が自宅に来てくれていろいろと提案してくれた。それまで少し書き溜めていたエッセイもあった。母の生い立ちや経歴を聞きながら母を導き、生い立ちから上京、進学、結婚、そして珍しい八丈小島での生活など、次々に書き足し、作品は幅広いものになっていった。

母は九十六歳になっていた。

『残照』と名づけ上梓することが出来、母も喜んでくれた。

囲碁の楽しみ

子どもの頃、田舎の朝倉の家では祖父が囲碁を楽しんでいた。隣村の醤油屋のご隠居や、寺のご住職などが時々訪ねて来られ、梅の古木や土蔵がある裏庭を背に、祖父の書斎で熱中して碁盤を囲んでいた。

母が昼食の用意をして呼びに行っても返事が返って来るだけで、なかなか立とうとしない。お吸物を何度も温め直さなければならないと母はこぼしていた。

醤油屋のご隠居は必ず醤油の一升瓶を提げて来られるので、食糧や調味料に不自由している時代にはとても有り難い客人だった。

緑は、囲碁ってそんなにおもしろいものかと遠目に見ていた。

戦争がいよいよ厳しくなり、東京への空襲も頻繁になったため、父も仕事を辞め帰郷して来た。父は日々胃痛に悩まされる病人になっていた。

間もなく終戦になり、祖父は神戸の叔父の家に長逗留していた。

父は福岡で仕事に就いても健康がついていかなくなっていた。しかし父は祖父に劣らず囲碁が好きで、中学時代の同級生だった友人が時々訪ねて来ては碁盤を囲んでいた。そんな時には不思議に胃痛は起こらないのである。東京外語の学生の頃から寮で碁を打っていたらしく、「だから語学校（碁学校）と言うんだ」と駄洒落を言っていたとのことである。

碁はおもしろそうだと思っていた緑は、父に碁の手ほどきを乞うた。父は嬉しそうに二つ返事で承知し、さっそく碁盤の前に座らせられた。交互に打つのにすぐ追いつかれる。なぜか自分の石が囲まれて取られてしまう。桝目は一つずつで交互に打つのに負けてしまうのが不思議で、おもしろ味が湧かなかった。こんなはずではなかったと思いながら、結局それ以上進むことなく囲碁から遠ざかってしまった。

ずっと先になって緑が勤めていた職場では囲碁が盛んで、昼休みになると職員は弁当を食べるのもそこそこに、脇机の引き出しを台にして、折畳みの碁盤を広げ対局する姿があちこちに見られた。周囲に人だかりが出来、口を挟む。やはり囲碁は楽しそうだと思った。その日手が空いていた係長に、「私も碁を覚えたい」と指導を頼んでみた。二人一緒に覚える方が良いからと、隣に居合わせた青年と二人で手ほどきを受けることとなった。

父の時はよく理解できなかったが、教え方が上手だったようで基本を理解することが出来、石を取ったり取られたりしながら昼休みの囲碁の楽しみが続いた。定石や手筋など難しいことは習わず、遊び碁だった。「ツケノビ定石」や「サルスベリ」などの手を習ったのはしばらく経ってからだったが、習ったらその手ばかりを使うという基本の上達法とはかけ離れた遊び碁で数年を過した。

ある日、父の妹である叔母から誘いを受けた。今度福岡に女性の囲碁の会が出来るので一緒に行こうというのである。叔母がいつどこで碁を覚えたのか知らなかったが、囲碁が出来るというのだ。

女性の囲碁の会は「紅梅会」といった。不安を感じながら参加してみると、四段や二段という女性もおられ、自分がいかに初心者であるかを自覚した。指導者の男性からは、「どこで覚えたの？　ひどい碁を打つね」と言われた。何がひどいのかさえ全くわからなかったが、余程軌道を外れていたらしい。石の持ち方、置き石の順序、布石など少しずつ習っていくうちに、自分の碁がどんなにひどいものであったか理解出来るようになった。しかし永年染みついた筋の悪さはなかなか消せるものではなかった。

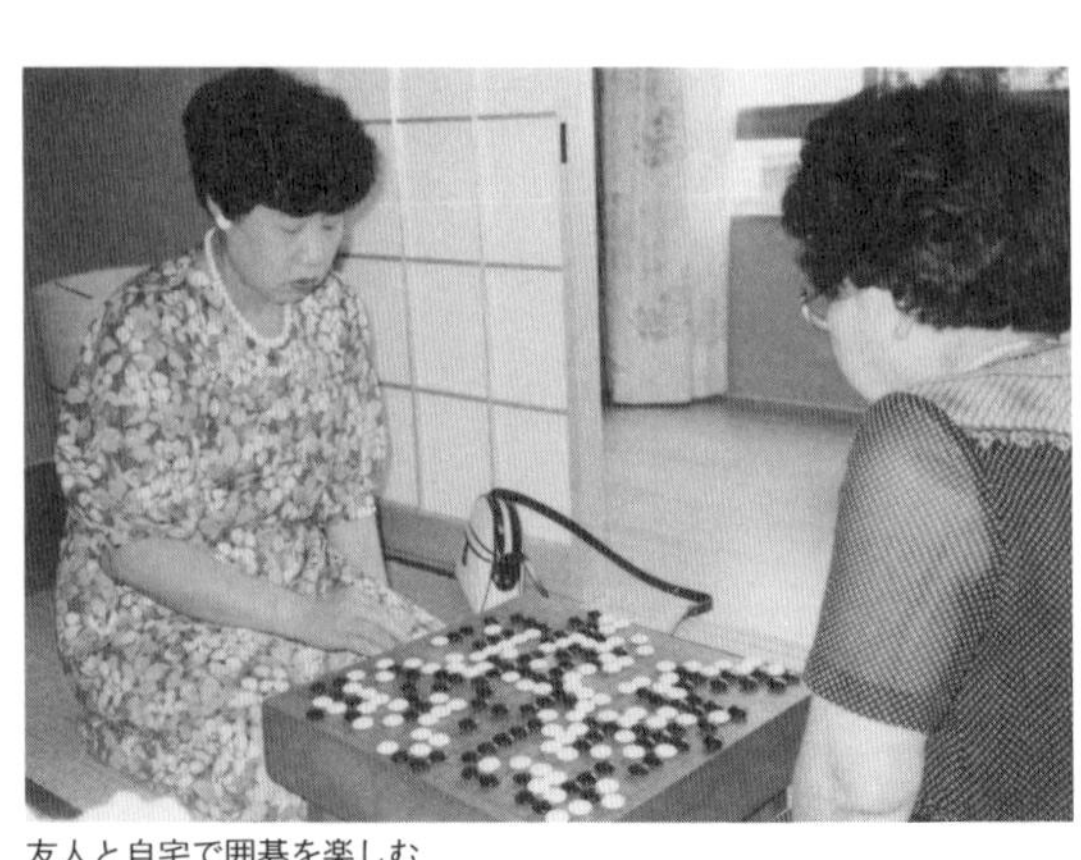

友人と自宅で囲碁を楽しむ

毎年持ち回りで、全国女流囲碁都市対抗戦という大会が各地で開催されていた。第八回大会が宝塚市で開催された際、紅梅会からはじめて一チーム（五人）で初参加することとなった。紅梅会チームは四段を筆頭に二段、初段の代表五名が揃い、当時八級だった緑は五級で登録され補欠として参加した。女性ばかりの数十チームの囲碁の大会の雰囲気に圧倒され、強い刺激を受けた。

その後この大会は初心者から高段者まで参加出来るようランクに分けられ、参加者も増え益々盛会になっていった。そしてこの大会には観光旅行が付き物で、楽しみを倍化させてくれた。北海道、岐阜、沖縄、長野、京都、岡山、東京などで開催され、チームメートと宿でも碁盤を囲んだ。

紅梅会も五十周年を過ぎ会員も高齢化して来たが、毎月の例会や囲碁旅行なども楽しんでいる。またボランティア活動として介護施設のデイサービスで囲碁の相手をし、趣味を活かした社会活動が出来ることも嬉しいことである。最近では我が家に碁友が集い、碁会を楽しむことが出来、歳を取ってもいつまでも楽しめる囲碁を覚えておいてよかったとつくづく思う日々である。

なぜか親類には囲碁好きが多い。囲碁を覚えはじめの頃、紅梅会に誘ってくれたのは父の妹の叔母だった。その頃九電に勤めていた父の姉の娘が九電囲碁部に所属していた。叔母と、いとこと三人で、いとこの家に泊まりがけで夜更けまで囲碁を楽しんだのも思い出深い。多分皆級位か初段程度ではなかっただろうか。

湯河原にいるいとこは母方にあたる。定年退職後に夫婦で囲碁を覚え、そこに泊まると朝食前から碁盤を持ち出す程熱中してしまっており、そして遂には自宅で碁会所を開いてしまった。そのいとことは泊まりがけで箱根や熱海に囲碁旅行に度々出かけた。友人を誘って行くこともあった。

そのいとこが病院で検査を受けた際、「立派な脳をしていますね」と言われたとのことである。囲碁をしていると言うと、「そのせいでしょう」と言われたと喜んでいた。

ねんりんピック同窓会

「ねんりんピック二〇二二」が十一月神奈川県で開催された。ねんりんピックとは、全国の高齢者の文化－スポーツの祭典である。

緑は福岡市から男性二人とともに囲碁の代表として参加した。全国の各県・政令指定都市から三人一組のチームで参加するのである。

囲碁は平塚市で開催された。

初日は開会式と歓迎行事に引き続き「高齢者表彰」が行われた。最高齢は九十二歳の矍鑠（かくしゃく）とした女性であった。緑も高齢者賞をいただいた。

二日目、三日目は、一日二局ずつ、計四局の対局である。最高齢女性の凛とした姿に魅せられていたら、彼女の名前を聞いて驚いた。彼女は何と、女流アマ第一人者として昔よくその名前を聞いたことのある女性だった。さすがと思った。そしてもちろん、金メダルを受賞されていた。とても彼女の足元にも及ばないと思ったが、緑も運よく全勝賞の金メダルをいただくことが出来た。

ねんりんピック出場に際し、町内会から激励の餞別をいただいていたので、「高齢者賞」と「全勝賞」という報告が出来、皆さんから喜んでいただいた。

囲碁の対局は真剣であったが、終わればすぐに会話が弾み、旧知の仲のような雰囲気になる。大会も終盤に近づき、名残りを惜しんでいたが、近くの席の女性数人で「ねんりんピック同窓会」をつくろうということになり、話はすぐにまとまった。お互いに住所や電話番号を交換し、来春には囲碁旅行をしようということになり、ねんりんピックの楽しみは続くことになったのである。

平塚市の皆様、お世話になりました。

ありがとうございました。感謝、感謝です。

はがき随筆

毎日新聞に「はがき随筆」というミニエッセイのコーナーがある。緑も時々投稿してきた。その中から四つの作品を紹介したい。

突然の旅

母が補聴器を調整してもらいたいと言うので天神まで出かけた。九十五歳の母には久しぶりの外出。修理は短時間で済んだ。すると母が突然、別府の友人に会いたいと言い出した。終戦直後、占領軍関係の事務所で一緒だった人。二時間の列車の旅に心配はあったが、駅で切符と宿を手配してもらい列車に乗り込んだ。宿に着いて電話すると、八十七歳の友人はタクシーで飛んできた。二人はもう会えないと思っていたと手を取り合い抱き合い、何度も夢のようだと語り合っていた。ハンドバッグ一つの旅だったが、思い立って良かったと幸せな気分になった。

(平成十三年二月二十五日)

文筆ごっこ

私の「はがき随筆」が新聞に載ったことで、わが家の文章ごっこが始まった。孫がまだ四歳のころ、母も「遠くの孫」という題で載ったことがあった。

今年九十六歳になる母は波瀾万丈の一世紀を生きてきてエピソードも豊富である。英文科の学生時代、島の暮らし、東京と福岡での空襲体験、二度の泥棒受難、戦後は夫に代わって働いたことなど。それらを書きとどめようということになり、書いては読み合っている。三十年来の短歌もたまっており、自費出版の話も盛り上がる。作品集の完成を楽しみに、ペンはますます速度を増すようである。

（平成十三年六月十二日）

小さな結婚式

昔、職場で一緒だった仲良しの友人が結婚した。ネパールへのボランティアの情熱が結びつけた六十歳を過ぎた再婚同士である。奈良の由緒ある神社で、二人だけの挙式の予定と聞いた。だが私たちは他の友人と相談し、押しかけ出席を申し出た。結局、彼の友人など五人が出席することになった。

そして式当日。式場に突然、彼女の三人の娘と幼い孫が笑顔で現れた。彼女は驚き、感激で涙ぐんだ。彼が企んだ内緒の招待だったのだ。

帰途立ち寄った京都も、挙式の感動の余韻でひとしお楽しい思い出となった。

（平成十三年九月十四日）

囲碁友の急逝悼む

囲碁仲間の親友が大動脈解離で急逝した。悲しくて残念で言葉にならない。先月の囲碁の例会にも、春の阿蘇囲碁旅行、松江の全国女流囲碁大会にも元気に参加されていた。最近は公民館でマージャンも始めたと楽しそうだった。私も公民館マージャンを楽しんでいるので、将来一緒の老人ホームに入って囲碁、マージャンざんまいで暮らそうと約束していた。園芸の趣味も同じで、今、わが家の庭には彼女から頂いたストレチア、女郎花、藤袴などが元気に育っている。彼女の花のような笑顔と重なる。悲しみをこらえ、精いっぱいの水やりをしている。

（令和元年十一月七日）

姉との京都旅行（二〇一九／一・一二）

二〇一九年一月九日から二泊の予定で八十七歳の姉と京都旅行に出かけた。姉は、阿蘇に住んでいる。阿蘇から付き添ってくれた青年とともに博多駅で合流し、新幹線「のぞみ」のグリーン車に乗り込んだ。

姉は、前年六月心臓の手術を受けたが、直前に脳梗塞を発症し、一時手術も危ぶまれた。しかし脳梗塞が軽症だったため、一カ月後にはどうにか手術を受けることが出来た。姉の手術の成功を祈り、仏壇に手を合わせる毎日だった。

姉には回復したら一緒に旅行しようと励まし、行き先を相談しながら楽しみをつくっていった。京都に行こうという目標が出来た。手術は無事成功し、三カ月検診の後、主治医からも旅行の許可が出された。

秋の紅葉の季節は人出が多いので、あえて一月初旬を選んだ。冬の京都が寒いことは覚悟して出かけたが、幸い穏やかな晴天に恵まれた二日間だった。京都駅からホテルに行く間、どこか一カ所を見学することにした。タクシードライバーお勧めの山科の青龍院別院は高台にあり、夕暮れ近い京都の街と雪を頂いた比叡山を一望すること

姉との京都旅行。銀閣寺にて

が出来た。

ホテルの上階からはシルエットとなった比叡山やびっしりと詰まった家並み、方状に光り輝く夜景なども眺められた。夕食に出かけた料亭では、松飾りと椿の見事な生花に迎えられ、京料理で風格ある日本料理の美しさとおいしさに感動した。

翌朝は比叡山の黒褐色の山々をシルエットに、茜色に染まった朝焼けに包まれて京都の街は静かに明けていった。

観光はタクシーで回ることにした。ドライバーの説明や案内は的確で、聞けば京都検定の試験を受けたとのこと。さすがである。銀閣寺、金閣寺、嵐山方面に行くことにしたが途中、青龍院、知恩院、平安神宮、祇園、大覚寺、東寺などにも立ち寄ったり説明を受けたりした。立ち寄った所では、車いすを借りた。付き添いの青年が慣れた手つきで姉の車いすを押し、細やかに世話をしてくれた。どこの寺社もあまり混んでおらず、姉の四点杖のゆっくり歩行でも車いすでも安心して観賞することが出来た。

姉も私も京都は初めてではない。姉の様子を見ながら少しだけ歩いて思い出で補うところも多かった。銀閣寺や金閣寺の苔むした庭園や建築、東寺の仏像等日本の歴史と文化の美しさと奥深さに改めて圧倒された。

嵐山では、人力車で竹林などを回る予定だったが、寒そうだったので渡月橋を見おろせるレストランで温かい鍋焼きうどんをいただき、近くの温泉足湯で温まった。

二日目は駅ビルのホテルに泊まった。最後に京都タワーに上がり、街を見渡しながら姉の体調も良く、大満足で終えた京都の旅に別れを惜しんだ。

帰途の新幹線では姉と並んで座り、子どもの頃の思い出話となった。姉は小四、私は小一。東京から疎開で子どもだけで朝倉の祖父のもとに預けられ淋しかったこと、近所に優しいおばさんがおられたこと、田舎でも主食はさつま芋だったこと、姉は女学校から学徒動員に出たこと、空襲のこと、我が家に爆弾が落ち大変だったことなど、話は尽きなかった。次回の旅行を約束し、博多駅で熊本行きの列車を見送った。

姉・池田小秋は令和三（二〇二一）年八月二十三日、その生涯を閉じました。
生前より自分の半生を手記に遺していました。
その遺稿をここで紹介させていただくことにいたしました。

妹・松村　緑

波乱万丈な私の人生

池田小秋

女子校時代の想い出

女学校には一時間かけて一里（四キロ）の道を歩いて通った。なぜかいつもその時間に馬車をひいたおじさんが通った。女学生たちは「おじさん乗せて」と言い皆飛び乗り。「おじさんいつも何しにこの馬車で行きよると」と尋ねた。すると「山に焚き物（薪）を買いに行き、それを売って商売をしとる」と言われた。

我が家ではその焚き物が無く、お風呂を沸かす事が出来ない。物は相談と閃き「おじさん稲刈りを一カ月程手伝うので焚き物を少し分けてくれませんか」とお願いした。すると二、三日して馬車一台分の薪が庭に下ろしてあった。

父はどうした事かと驚いて私に尋ねた。祖父も驚いて私に尋ねた。私はなぜか叱られそうな気がして詳しい事は何も言わず、稲刈りが終わるまで朝六時頃から夕方日没まで毎日夢中で稲刈りの手伝いをして働いた。

幼い体には過酷だったのだろう……。私は日射病に罹り三十九度の熱が二、三日続いて生死の境を彷徨った。病気を聞いたおじさんは飛んできて土下座をし、「家の者の気配りが無かった。申し訳ございません」と謝り、米一俵持って来られた。村中の方々やお医者様がありとあらゆる手を尽くして下さり、とくに私を可愛がってくれていた隣のおばあさんがサボテンを揺って足の裏や額に貼ってくれたそうで、お医者様がびっくりされる程熱も下がり、皆の真心か神様のご加護か、やっと危機を乗り越えることが出来た。

女学校の作文にこの貴重な経験を「苦は楽の種」というテーマで提出したところ、弁論大会で発表する様先生に薦められ、全校生徒の前で一生懸命心を込めて語った。そのうち先生や生徒が目頭を押さえ聞いて下さった。その姿に心打たれ、やはり熱の交じった経験談は人の心を打つものだ、と我が人生の大きな礎(いしずえ)となった。

その時の担任の先生は毎年心の通った年賀状を送って下さった。

やっと女学校を卒業

戦争も激しさを増した頃、両親も相次いで東京から幼い弟を連れて福岡の朝倉に疎開してきた。しかし、父は体をこわし、家は貧乏のどん底。終戦後は母がＣＣＤという民間情報検閲局で翻訳の仕事で働いてくれ、かなりの高給でどうにか兄は大学に行くことが出来た。私も母の薦めで同じ職場に入る事が出来た。

田舎の大きな家、屋敷を売り、福岡市内に小さな家を建てた。高給は取っても贅沢は出来ず。給料は一度も封を切らず全部父に。夏はセーラー服で、冬は祖父の羽織を解いて作った手縫いのスーツで職場に通った。

初めての仕事はハワイ出身の日系二世の方の秘書を仰せつかった。角田様という二世の方はとてもとても優しい方で私を娘の様に可愛がって下さり、「シャーリー」という愛称で呼ばれた。毎日が楽しく夢の様な日々を過ごした。

或る日、書類を持って角田様の前に立つと、

「シャーリー ユーベラ ウエア ブゼア?」

と笑って言われ、何のことやらチンプンカンプン。すると、

「お年頃の娘はブラジャーという物で胸を隠すのよ」と言われ、

「そんな物日本じゃ売っていませんよ」と言い、笑った。

すると二、三日してなにやら袋がテーブルに置いてあった。開けてみると、そのブラジャーという物だった。

さっそく次の日恥ずかしそうに、

「角田さん着けて来ましたよ」と。

すると彼も笑いながら、

「ナウ ユー アー レディ」なんて。

本当に優しいユーモアのある上司だった。

一生忘れることの出来ない悲しい悲しいクリスマス

入社して一年目。「今日はクリスマスパーティーを八階の大広間で催しますので、どうぞお腹をすかして午後六時にいらして下さい」と言われ、皆三時には一旦帰してくれた。私は初めてパーマをかけた。母は紫紺の和服を着て、私は一年中着ていた手縫いのスーツと襤褸靴をはいて、八階にエレベーターで上がった。すると会場の入り口でいつもダンスを教えてくれていた紳士が、

「待っていましたよ。早く踊りましょう」と言って手をさしのべてくれた。

彼はタキシードに蝶ネクタイ、八階に上がって来る人来る人皆ロングドレスや振袖。なんとみすぼらしい私の姿。どっと涙が溢れた。

会場ではアメリカ海軍の吹奏楽団が来てジャズが流れ、奥にはたくさんのバイキング料理が。私は美味そうな匂いをかぎながら隠れるように裏階段をトボトボと家に帰り、布団を被り泣きじゃくった。

お腹はペコペコ、母の思いやりのなさに、この時ばかりは母を恨んだ。私の姿が見

えないのにやっと気付き、私が泣きながら帰った事を人から聞いた母は、飛んで帰るなり私を抱きしめ、

「ごめんね、ごめんね」と謝った。

時既に遅し、ひもじさの余り死にたい程辛かった。

食べ物の恨みは何年経っても忘れられない。

突然ＣＣＤの解散

母と二人高給を貰い幸せに暮らしていた矢先。突然解散という知らせを受けた。昭和二十四（一九四九）年のことだった。路頭に迷う日々。病弱な父に何と告げるか心配で夜も眠れず悩み、母と二人で来る日も来る日も職探し。

すると、或る会社が英語が出来る人を募集していた。母と二人恐る恐る門を叩いた。さっそく私だけが部屋に呼ばれ、色々英語で質問された。ＣＣＤで働いていた事を話すとすぐその場で採用となり、明日から出社してくれと言われた。

心配して待っていた母は思わず嬉し涙を流し喜んでくれた。

給料もＣＣＤ以上でほっとした。

少しゆとりも出来、学問に励む

私は少女時代、戦時中で全然勉強が出来ず、常々学問をもっともっとやり直したかった。夢を叶えんが為、夜間の英語専門学校に四年間通い、英文タイピストの学校も卒業し、いけ花、茶道、洋裁学校等々、無我夢中で勉強を続けた。

好きないけ花は昭和二十六（一九五一）年から習い続けた。先生から「どこかで教室でも始めたら」と勧められたこともあった。

仕事も一生懸命、習い事も一生懸命の真っ最中、一人の男性がダブダブの洋服を着て私のセクションに入社してきた。

慣れない仕事や英語に戸惑う彼。見るに見かねて毎日親切に教えてあげた。彼も嬉しかったのか、給料日には食事や映画に誘ってくれ、だんだんデートを重ねるようになった。職場の方々からは彼との交際を反対された。第一の理由バツイチ、第二酒癖が悪い。第三金遣いがむちゃ、おまけに十歳も年上。

そうこうしている中、私の為を思ってか、一年間遠く離れた支店に配属された。のんびり海岸沿いの漁師の家を借り、毎日新鮮なお魚を頂き、沈む夕日を見ながら露天風呂。お金で買えないとてもいい経験をさせてもらった。一年があっという間に過ぎ、残念ながら再び、元の職場に戻ることになった。

戻ってみると彼は仕事にも慣れ、バリバリ働き、立派なスーツを着こなし、見違えるほどになっていた。

もう昔のように食事や映画に誘われる事はないだろうと思った。

しかし、相変わらず家に遊びに来たり、洋裁学校を出た私に足踏みのミシンをプレゼントしてくれたり。とても優しい彼の気遣いに少しずつ惹かれていった。

やっと兄弟も就職し、少しはゆとりも出来てきた。無理だとは思ったが結婚の話を切り出した。

父はせめて結婚だけは幸せな一生を送られるよう、父の学友でお医者様の長男にと、親同士で定めていたらしく、よく私を連れて行ってくれていた。

私も薄々気付いてはいたが、あまり堅苦しい生活は性に合わないので、行く気はなかった。父もそれを知ってか無理には勧めなかった。家によく遊びにくる彼に少しは好感を持っていたらしく、「一度彼を連れて来い。ゆっくり話をしてみる」と言った。

まもなく彼が父に会いにやって来た。

結婚

深々と頭を下げ、緊張する彼に父は、私が少女時代から今日まで並々ならぬ苦労をした事を永々と語り、絶対幸せにしてやって欲しいと諄（くど）いほど頼み、やっと許してくれた。彼も平身低頭して、「絶対苦労はかけません。幸せに致します」と誓った。

まもなく彼の両親と彼が結納金を持って御挨拶にみえ、細やかな式を挙げた。

昭和二十九（一九五四）年、私は二十三歳、夫とは十歳離れていた。

質素な新婚生活

やっと六畳一間のアパートを借り、彼は会社の寮から手鍋一つと煎餅布団を自転車に積んでやって来た。

職場の方々がいろいろな家財道具をお祝いに持って来てくれ、狭い部屋が一層狭くなった。夕食は七輪でご飯を炊き、秋刀魚を焼き、質素な生活だった。

半年程が経った頃、九大に通う主人の弟が同居する事になり、狭い六畳一間に川の字に布団を敷き、約一年間、不自由な日々を過ごした。

すると九大に通う弟が、貝塚公園アパートが出来たのを知り、申し込もうと抽選申し込み用紙を貰ってきた。調べてみると家賃二万円。弟は助かるが、私は抽選が当たらぬよう願った。しかし、願いも叶わず当選してしまった。職場への交通費も馬鹿にならず、朝も一時間以上早く家を出ねばならない。

笑い話ではすまされぬ

それだけではない。私にとっては悲劇の始まり。福岡・天神から市電に乗りすんなり帰れば四十分程だが、困った事に途中ネオン煌めく中洲を通らねばならず、（夫は）毎晩誘惑に負けて途中下車。殆どタクシーで夜中に帰る。

時には中洲で電車に乗ったものの、泥酔状態で貝塚には下車出来ず、そのまま姪浜まで乗っていき、折り返し最終電車に乗ったまま東から西に、西から東へとたった十円で三時間も乗った等と笑って話す。

破天荒な夫には呆れるばかり。呑気にも程がある。

夢の様な幸せな日々

やっと弟も大学を卒業して就職。そこで私たちも、高い家賃のアパートを出て、職場に近い市営アパートに移った。

夫の中洲通いも少なくなり、初めてテレビ、洗濯機、冷蔵庫を買った。アパートの子供たちが月光仮面（昭和三十三年放送）を観に毎日の様にやって来る。子供好きな主人は皆におやつを買ってきたり、夕食まで振る舞ったり……。

絵に描いたような新婚生活が始まった。

そうこうするなか、約十二年働いた職場も人員整理が始まり、今年退職する者には多額の退職金を出すと聞き、主人だけ残り、私が退職する事にした。想像以上の退職金を貰った。汗水たらして十二年やっと手にした大金、絶対無駄にしたくない。高い家賃を払うより、小さくても自分の家を今のうちにと、毎日主人に内緒で土地を探し歩いた。閑静な理想的な土地を見つけ、約百坪の土地を買った。やっと主人に私の夢を話した。すると案の定主人は、

「そんなはした金で家やら建つもんか。のんびり旅行をしよう」などと。

夢にまで見たマイホーム

さすがに手持ちの金も少ないため、工務店の方が住宅金融公庫の手続きをしてくれた。希望者が多く一度や二度では借りるのが難しいと言われたが、とにかく申し込むことにした。すると私の熱意が伝わったのか一発で当選。喜ぶ私を見てやっと主人も重い腰を上げてくれた。設計図に目を通し、和風の設計を、主人好みの洋風なモダンなものに変えた。昭和三十五（一九六〇）年、福岡市の南大橋に小さいながらもハイカラな家を建てた。

主人は自慢げに次から次へと友人を連れて来ては、飲めや歌えやの大騒ぎ。料理好きな私は毎日のように手料理を振る舞い、幸せいっぱいの日々を過ごした。

やがて一年程経ったある日、主人の甥が福岡の高校に入学し、家から通わせてくれと言う。彼は父親を戦争で亡くし、母は再婚し、独りぼっちで祖父母に育てられ、少し僻(ひが)んだ性格で、時々主人に横着な態度を見せ、扱いにくかった。しかし私にはとても懐いて立派に成長し、東京の大学に入りほっとした。

すると、また主人の悪い癖が。真心を込めて作った夕食はほとんど食べず、毎晩中洲通いが始まり、給料は全部飲み代。時には夜中の一時頃、バーのホステスを連れて来て「オーイ、彼女たちにご馳走してやってくれ。いつも世話になっとるけん」と言い、コートを着たままグーグー。煮えくり返る程腹が立つ。しかし、主人のプライドもあり、気を取り直して精いっぱいおもてなしをした。

ホステス達もいささか気の毒に思ったのか、「お料理がうまい」とか、「どんなに遅く帰っても起きて待っていらっしゃるそうで」とか、取って付けたようなお世辞を言い、帰っていった。

亭主関白にも程がある。皆の反対を押し切り、こんな男に惚れた私が馬鹿だった。誰にも言えず。じっと堪える。

いけ花が支えてくれた私の人生

失業保険、退職金、僅かな貯金も底を尽き、このままではやっと建てたマイホームも人手に渡る。そこで私は一大決心をした。好きないけ花はずっと続けていて、研究も怠らなかった。昭和三十六（一九六一）年に門標をいただき、そしてその二年後に家元となる。

昔取った杵柄で、まず外人向けの「スターズアンドストライプス新聞」に、「英語で指導するいけ花教室」の広告を出した。すると驚いた事に、アメリカ人のご夫人の希望者が多く、先ず七十名で締め切り、月火水木、午前と午後のクラスに一クラス十名ほどに分けた。

皆に花の道具から教えた。二十人分ほどの花を自転車に積み、約一時間の道程を雨の日も雪の日も休まず通った。

どのクラスの方も暇をもて余している奥様方ばかりで、一週間が待ち遠しいと言ってくれ、活けた花の写真を撮っていた。持ち寄った自慢のケーキやパイでお茶を嗜み、郷里の面白い話をしたり。英会話も学べ、皆が喜び、一石二鳥だった。

主人もいい事を始めたと喜んでくれた。

しかし、心ない主人の愚痴が心を痛める。

或る日主人の兄弟が集まった所で、思いがけない主人の愚痴が出た。

「毎日、家を空け、食事は遅く、破れた布団は繕わず困ったもんだ」と。

すると家の事情も知らぬ口の悪い兄が、

「そんな嫁ごは追い出せ」と。

何とひどい言葉。あまりの辛さに泣き出した。すると、

「女ごは泣けば同情されると。それが手だもん」

と、追い打ちをかける冷たい言葉。

(殺してやりたいほど腹が立った)

たまりかねて、里に帰り事情を話した。常々苦労をしている姿を見ていた母が、「なんとひどいことか」と慰めてくれた。すると、間もなく主人が飛んで来て、部屋に入るなり土下座をして母に、

「すみませんでした。ひどい事を兄が言ってしまい、さぞ辛かった事だろう」と。

するといつも優しい母が毅然とした態度で、

「娘は返せません」と。

母も怒りをあらわにし、「帰って下さい」と告げた。

そして母は続けた。

「家の為とはいえ、雨の日も雪の日も自転車で遠い道程を重い材料を乗せ走る姿を見ては、怪我をしなければいいが、事故に遭わなければいいが、と祈っていました。あなたはこの子の努力を仇で返す様な心ない人ですよ」と叱った。

結婚以来、一度も泣き言や辛い顔を見せた事のなかった私だが、こんな姿を見せてしまい後悔した。両親はこれ以上苦労させたくないと思ったのか、「帰って来い」と優しく慰めてくれた。

色々考えた末、いけ花教室を二カ月休むことにした。家に閉じ籠もり、物も言わ

ず、暗い日々を過ごした。流石に主人も反省したのか、「僕が悪かった又教室を始めてくれ」と懇願した。

休んでいる間、次々と生徒さんが心配して、「奥様は病気なの?」とか、「赤ちゃんが出来たの?」と尋ねてきたらしく、「皆が待っとる。気を取り直して又始めてくれ」と言われた。

しかし、簡単に受け入れる気にはなれず、悶々とした日々が続いた。暫くしてこのままではせっかく手に入れた大切な家を人手に、生徒さん方もあまり待たせても悪いと思い、やむを得ず、また稽古を始めることにした。

待っていた生徒さん方が喜んで迎えてくれ、色々な辛いことも忘れさせてくれた。

禍転じて福となす

教室に行く度、皆がご馳走してくれた。私もたまには皆を招待しようと思い、まず月曜日のクラス八名を家に招待した。

ところが、皆様ご主人同伴で来たではないか。これにはびっくり、慌てて十六名分用意しなくてはと、まず酒屋に冷えたビール、肉屋に肉を追加注文しててんてこ舞い。簡単に作れるすき焼き、天ぷら、コロッケ等を作り足し、どうにか皆を満足させる事ができた。

「先生アメリカに来て。日本料理といけ花教室を始めたらきっと成功するよ」とまで言われ、なかなか好評だった。

すると全クラスの方々に知れ渡り、「私たちのクラスはいつ呼んでくれるの」と。外人は遠慮がない。

仕方なく全クラスの方々を約三カ月かけて招待した。そのうち、近所の方々が珍しそうに一人参加され、二人三人と、パーティーを通じてお近づきになった。

お隣は大学教授

丘の上の方は、市内に何十軒ものお店を持っておられる事業家。家の前の豪邸はテレビ局の社長宅で、毎朝黒いピカピカの車がお迎えに来て、悠々とご出勤される。そんな方々が外国人のパーティーに参加される中でとても親しくなった。

また、更に驚いたのが、隣の大学教授は里の父と幼なじみだった。またテレビ局の社長は主人と同郷で、話が合うのか日曜日にはよくコーヒーを飲みにみえ、主人を可愛がって下さった。マッチ箱のような小さな家で、ご近所の方々が優しく親切にお付き合いして下さった。改めてあの地に住居を設けた事に感謝した。

主人は言葉には出さぬが、豪放磊落な性格の私に参った様だった。

青天の霹靂

今までの不摂生が祟ったか、（主人が）腰痛に苦しんだ。三カ月入院しても治らず、とうとう仕事を辞めることになった。温泉治療が良いと勧められ、自分の郷里に帰ろうという。私は驚いた。

散々両親や養子先に迷惑をかけて飛び出した人が、何の躊躇もなくよく帰れるものだと。しかし、どうしようもなく、やっと住み慣れた新築の家を貸して、田舎でいけ花教室でも始めようと思い、花屋を探したが、一軒の花屋も無い。

花屋をしようと思い、主人の父に相談したところ、「田舎で花屋なんか無理。どこの家にも庭に咲いている。田舎で花を買う人などおらん」と反対され、心細かった。

不安だった。しかし、ほかに道はなし。一応今まで教えていたアメリカ人の教室を続けて教えながら、主人の退職金で花屋を始めることにした。

昭和四十（一九六五）年、熊本県阿蘇市内牧で花屋といけ花教室を始めた。当時、熊本には専正池坊の支部がまだなかったため、天草の先生とともに支部を設けた。仕入れのためパブリカという軽自動車を買い、主人も必死で免許を取った。人が変わったように、花の仕入れや外国人が待つ教室まで私を連れていってくれた。

初めての商売

五里霧中、何が何でも成功させると誓った。朝三時から花市場に。スピーディーな競りにはなかなかついていけず苦労した。

新築の家を貸して田舎で見つけた家は、鼠がチョロチョロ、壁にはナメクジがギラギラ、乾坤一擲、くじけるものか、やるしかない。

やがて年の暮れが来た。どれだけ仕入れてよいものか見当もつかず、車に乗せられるだけ、山ほど買った。驚くことに千客万来。二十八、二十九日で売り切れた。こんな田舎でも花を嗜む人がいることを知り、明るい未来を見た。

時は過ぎ七年ほど経ったある日、テレビ局の社長より電話があった。「甥ごさんは大学を卒業される頃と思いますが、就職は決まりましたか？　もしよければ、某テレビ局が〇〇県に開局しますので、試験を受けてみては？」と。

何とお優しい。甥は嬉しそうに「一生懸命頑張る」と言い、緊張して試験会場に向かった。

私と主人は面接まで恙なくやってくれるか祈り続けた。すると夕方、にこにこして、「ご両親に背広を作ってもらい、何月何日に出社するように」と言われた、と。

三人で抱き合って喜び、改めていい方々と出会えた事に感謝した。

ボロ屋を借りて数年たったある日、町の真ん中にある土産屋を紹介してくれる方があり、ナメクジの出るボロ屋と家賃が同じとのことで、さっそく借りることに決めた。あまりに広いため半分を土産品売り場に、残り半分を花売り場にした。驚くことに時代も良かったのか、土産が花より売れた。毎朝銀行から売り上げを預かりに来てくれるようにまでなり、笑いが止まらなかった。

やっとゆとりも出来て、二人でゴルフを始めた。ペアルックで遊ぶ姿を見た人たちからは鴛鴦夫婦と羨ましがられる時もあった。

お金があると喧嘩もしなくなる。

ある日家主が来て、この家を買ってくれと言う。事情を聞くと一人息子が交通事故で二人死亡させ、本人は車いすの生活になり、大金がいるとのこと。やむを得ず銀行から借りられるだけ借りて、不足分は愛着のある福岡の家を売り、耳を揃えて買い取った。

また一から出直し、借金返済が始まった。

ありがたいことに、田舎でもいけ花を習う人がどんどん増えた。町中景気は良く、旅館やホテルは増築増築、結婚式場も派手に花を使い、葬式の花も造花から生花に変わり、注文がどんどん増えた。

夜は土産品が飛ぶように売れ、アルバイトの娘さん方を雇った。毎日頑張っている様子を見て、主人の甥が自動車会社を辞めて住み込みで働いてくれることになり、大助かりだった。

主人も仕事に張り合いが出たのか、身を粉にして働き、何より両親を安心させた。甥はとても働き者で、一時間ほど離れた隣村に支店をつくり、葬儀社をしている友人宅に生花を納めさせてもらった。生花を使い始めてどんどん注文が増えたと感謝された。多額の借金も滞りなく返済出来ていった。主人の念願だった還暦の祝いもホテルで盛大に挙げることが出来て、初めて私は主人に「お前は山内一豊の妻のようだ」とほめられ、驚いた。

健康優良児が三十歳代の若さで

身を粉にして働いてくれていた甥が同窓会に誘われ、喜んで出掛け、三時間ほどで楽しそうに帰ってきた。皆で一気飲みをしたなど、ニコニコしながら言った。そして、「明日仕入れが早いので休みます」と言って、十一時頃二階に上がった。朝三時、仕入れに行こうと起こしに上がった。しかし、何度呼んでも返事がない。

まだ体は温かかった。私は必死で甥の名を呼び、体を起こそうとしたが、どうすることも出来ず、急いで近所の医者に来てもらい、救急車も呼んだ。ありとあらゆる手を尽くしたが、心臓麻痺と診断された。まだ三十歳代の若さで、主人の姉さんに申し訳ない。家にさえ来ていなければとか、同窓会に行かせなければこんな事にならなかったとか、悔やんでも悔やんでも悔やみきれない出来事だった。

悲しみもさめやらぬ一年ほど後、またもや不幸が起きた。昭和五十五（一九八〇）年、十一月二十四日、寒い夜だった。異臭とパチパチという音がした。戸を開けたとたん隣から火が轟々とあがっていた。もう駄目だ。咄嗟に重要書類と臍繰（へそくり）、脇には可愛いペットのマルチーズを抱きかかえて飛び出した。

呑気な主人はゴルフバッグを担ぎ近所に。電線は切れて、真っ黒な煙が充満する中を、また主人が入っていった。何をしに入っていったのかと、皆が心配そうに見ていた。すると自分の入れ歯と車の鍵を鷲掴みにして命からがら出てきた。

火はみるみるうちに六軒もの家を焼き尽くした。大火だった。寒さと怖さで震えが止まらなかった。福岡の家も売り、やっと手に入れた店も。思い出のアルバム、たくさんの家財道具、土産品等。呆然と焼け跡に立ち、空しさが募った。

なんでこの様な試練を!! 神も仏も無いものか……と、涙がとめどなく溢れ出た。

僅かな火災保険が出た。主人はもう商売はやめて旅行でもしようと、どこまで呑気な人か……情けなかった。

両親や大勢の方々から支援を受け、銀行からも励ましの言葉をもらい、希望通りの大金を貸してもらった。やっと店と住まいをつくることが出来た。

また一から出直す。ファイトが湧いた。

だが、甥が頑張って作った支店から約二カ月も音沙汰無し。心配になりビールを一ケース持ってお伺いに行った。すると、向こうの方も気の毒そうに、

「実はご主人に腹が立って」と。

いつも葬儀の花を持って来られるたび、「家の車も道具でいっぱいなので一緒につ

いてきて会場で下ろして下さい」と頼むと、仏頂面をして、「ゴルフの時間に間に合わん。ここに下ろしとく」と言い、投げるようにしてさっと帰ることが再三あったらしい。

「こんな不親切な店から取らなくても、もっと親切な店はいくらでもある。ほかに親切ないい店を見つけましたので」と言われ、

「奥さん、甥ごさんには申し訳ございません」と店主が頭を下げた。

悔しさと甥に申し訳ない気持ちで涙が溢れ、一時間の山道を号泣しながら帰った。

家に着くなり主人に張り裂けんばかりの怒りをぶちまけた。すると、

「いいじゃないか、あんな店の一軒や二軒」

と、とんでもない捨て台詞。開いた口がふさがらなかった。堪忍袋の緒が切れ、こんな馬鹿な男をあてにする自分が馬鹿だ。今さら泣き言は言うまいと誓い、家を出た。

菊の花束を手に甥の墓に。しばし心を鎮め、近くに住む主人の母の顔を見に立ち寄った。すると、主人から何度も私を探す様な電話があったらしく、私の顔を見るなり、

「どうしたの。何があったの」と心配そうに尋ねた。

私は優しい義母の顔を見るなり、涙が溢れた。

義母は私の話を聞く前にこう明かした。

「実はいつか話そう話そうと思っていたが、あの子は八人兄弟の五番目の子で、六人目の子を身ごもった時、引き裂くように私の手から父親の兄の家に連れていかれた。兄の家はとても裕福だったが子供が出来ず、あの子を溺愛し、我が儘に育てた。中学に入学する時、初めて養子としてもらわれた事を知り、グレて手に負えない子になったらしい。全て私が悪かった。どんなに貧乏をしても、子供だけは手放すべきではなかった」

あんなに我が儘で僻みっぽい子になったのは私のせい、と言って泣きながら私の手を握り、

「あなたは今まで色々辛い事が重なったが、良く辛抱して頑張ってきたね」

と言い、労ってくれた。

私は言いたい事が山ほどあったが年老いた義母に心配はかけまいと思い、歯を悔いしばり、天空海闊として、生き抜く事を誓った。


甥の命日が過ぎた。頼りにしていた支店も無くなり、途方に暮れる日々。お盆を間近に控えたある日、アルバイト募集の貼り紙を見て「男でも雇ってくれますか?」と男性が入って来た。見るからに真面目そうで、ハンサム。さっそく明日から働いても

らうことに決めた。

お花のお弟子さん方も、彼が入って来たことで店内が明るく楽しくなり、一層張り切ってくれた。

店員も二人になり、綺麗な花と美男美女の店で、私も一から出直す元気をもらった。

花の教室も次第に増え、自宅稽古はもちろん、出張稽古も村から村へ回り、生徒も百人を超えた。御家元にも大勢の免状を申請した。いけ花の道を一途に貫き、大勢の方々に助けられ、心から感謝した。

捨てる神あらば拾う神のある事を信じた。

夢叶う。待てば海路の日和あり

或る日親友がハワイに旅行すると言う。雲をつかむような話だが、「もし電話帳を見て、角田清という名前を見つけたら『福岡のシャーリーという子が会いたがっている』と伝えて」と頼んだ。彼女は広いハワイでそんなの無理よ、と言って旅立った。

十日程経って何と何とその彼と会え、たくさんの土産話と土産をもらって来たではないか。昭和五十八（一九八三）年のことだった。

私が喜ぶ姿を見て、主人が、さっそく行って来いよ、と一週間のハワイ旅行のチケットを買ってきてくれた。取るものも取り敢えず、その年のお正月、初めて飛行機に乗り、飛んで行った。空港では美しいレイを手にしたご家族（彼と奥様と二人のお嬢さま）が出迎えてくれ、言葉で言い尽くせぬ喜びと、夢のような出来事に涙が溢れた。

紺碧の空、果てしない海、ワイキキビーチは夢また夢。さっそく、サーフライダーホテルに案内され、夜はご家族とレストランで美味しい料理に舌鼓を打った。

話は尽きなかった。驚くことに、長女の名前をシャーリーと付けておられ、車に乗る際、

「日本のシャーリーはどうぞ前に、シャーリー、ユーはお母さんと後ろに」

なんて言われ、皆で笑った。奥様は、

「いつも貴女のことが頭から離れないようで、『日本のシャーリーはどうしているかなあ』と話していましたよ」と。私は思わず嬉し涙が溢れた。

次の日は昔ＣＣＤで働いていた人たちが何人もハワイで仕事をしておられ、皆を集めてＣＣＤの思い出話に花を咲かせた。夜の更けるのも忘れ、別れを惜しみつつ、満

天の星を眺め、幸せをかみしめ、サーフライダーホテルでゆっくり休んだ。

三日目、驚く事に角田氏はいけ花の材料を卸す会社の社長をされており、私が花の仕事をしている事に驚き、ハワイ中、十軒程の花屋を案内して下さった。どんな花を結婚式に使うかなど教えてくれ、色々なアレンジを見せてくれた。

弔事の花環の作り方や、まだ日本では使っていなかったグリーンのオアシスを見てびっくりしたりした。観光は楽しく夢また夢だったが、花屋廻りは何より興味があり、とてもとても意義深い一日だった。

四日目。色々なお土産を買いにアラモアナとかいうショッピングセンターに連れて行ってもらい、持ちきれない程の品を買ってもらい、夜は沈む夕日を見ながら船上でのディナーパーティー。まるで浦島太郎のお伽噺みたいな毎日だった。

帰国後、夢のような土産話を聞いたスタッフは、皆ハワイにあこがれた。いつか御礼方々、行こうと仕事に精を出した。

二年後のお正月、仲のいいゴルフ仲間を誘って四人でハワイに出掛けた。すると御礼どころか、また大歓迎。皆でゴルフを楽しみ、特にお酒の好きな角田氏と主人は気が合った。三度目は日本かハワイでと約束し、再会を楽しみにして別れた。

だが次の年、奥様から訃報の便りを受けた。すぐ、墓前に日本のお酒と花を手向け、悲しい悲しい旅となった。

それでも、このようないい思い出が出来たことは、角田氏のお元気なうちに彼の消息を探し当ててくれた友人のおかげだ。心より感謝した。

元気な頃の夫と

夫の「余命三ヶ月」宣言を受ける

ある日、主人が突然ゴルフを途中で止めて帰って来た。余程辛かったのだろう、碧黒い顔色の主人が今から病院に行ってくると言う。心配になり、私も付いて行った。すぐ入院するように言われ、主人はそのまま病室のベッドへ。私は別室に呼ばれた。

肝臓癌の末期で余命三カ月と告げられた。

悲しさより自業自得と思った。どんなにご馳走を作って夕食を奨めても、ゴルフから帰るなり麻雀に飛んで行き、煙草をふかし、カップラーメンをすすりすすり夜中まで……。

しかし、僅か三カ月の儚い命と聞かされ、なぜか憎しみや恨みは消えた。何と病状を告げようか、どう接したらいいいか、突然戸惑った。先生に病名は告げないようお願いし、翌日着替えとお寿司を持って病室に行き、「少々疲労が重なり、体力が落ち、何カ月か入院療養をすればまた元気になる」と告げた。

毎日明るく時間をさいては消灯時間まで付き添った。彼の入院を知った学友やたくさんの方々が次々と病室に見舞いに来てくれた。くじけそうな私や彼を助けてくださった。

或る日、先生が二、三日気晴らしにと外泊を許して下さった。喜んだ彼。さっそく、春らしいカーディガンを着て帰りたいと言いだし、お洒落な彼が好きそうなピンクと白のカーディガンを見せたら、どちらも気に入り、「これはゴルフに持ってこいだ。二枚とも買っておいてくれ」と。また、デパートの眼鏡屋さんに来てもらい、老眼鏡とドライブ用のハイカラ眼鏡を二つも注文した。どこまで自分の病状がわかっているのか不思議だった。

明るく気っ風のいい彼。常に明日は明日の風が吹く。一生そんな人生を送れて幸せだったと思う。

入院から半年でこの世を去った。大勢の方々から見送られ、ゴルフ場から花輪まで届き、平成二（一九九〇）年、帰らぬ人となった。

三十六年間、無我夢中でやってきた結婚生活。重い荷を背負い、どんなに険しい山道も決して挫ける事なく峠を目指し、目的を達成し続けた。

険しい道であればある程、この達成感は言葉では言い尽くせぬ喜びがある。

私の悲喜こもごもな人生を見てきた優しい従業員たちは力の限り私を助けてくれた。

アパートを建てる

張り詰めた日々が嘘のよう。毎日が平々凡々、冒険好きな私にとっては物足りず、何か一つ目的を持って生きていこうと考え、子どもがいない自分、老後の事も考えておかねばと思い、アパートでも建てようと思い付き、土地を探し始めた。

すると、スーパーの裏に百坪程の空き地を見つけた。場所も広さももってこいの物件。さっそく持ち主を捜し、交渉してみた。すると驚くほどの高値だった。しかし喉から手が出るほどに手に入れたく、手を打つ前に主人と仲良しだった税理士に相談した。すると「君は馬鹿じゃないか」と説教された。話を聞いてみると、偶然何年か前に彼が〇〇万円で売った土地だと言われ、「大きな買い物をするときはもっと慎重に、女と思って馬鹿にしとる。俺が値切ってやる」と言われた。あっさり元の〇〇万円にしてもらい、本当に相談して良かったと思った。

そして税理士からは、「土地などを買うときはもっと慎重に。スーパーでネギや豆腐を買うような気持ちで買うもんじゃない」と叱られた。私はさっそくお礼に〇〇万円を持っていくと、また叱られ、「こんな大金をお礼するものじゃない。相場というものを考えろ」と言われたが、彼は嬉しそうに受け取った。建築の手続きから大金を借りた時の保証人にまでなってくれて大助かりだった。

さっそくいつも取引があった銀行に行き、〇〇万円ほど借金の相談をした。すると六十歳近い女にはと思ったのだろう、むげに断られ、冷たいものだった。仕方なく取引もないもう一つの銀行に相談に行った。すると一つ保険に入ってくれるなら貸しましょうと言われ、少々高い保険だったが言われるまま手続きをして、やっと念願の六世帯が入るアパートを建てることが出来た。場所も良かったせいか、完成と同時に全室入居者があり、さっそく今まで何十年も取引があった銀行から貯金を全額下ろし、アパートの家賃はもちろん、店の売り上げも全部新しい銀行に預けた。

返済予定二十年だったのも十年で返し終え、支店長からも感謝され、「捨てる神あらば拾う神あり」を実感した。

商売も順風満帆、心にも余裕が出来て、長年苦労をかけた母に少しでもと、旅行を思い立った。妹と三人で北は北海道、南は九州へ、時には香港、マカオまで行った。母は「昔、易者から『年を取るほど幸せになる』と言われたが、本当にその通りになった」と言い、幸せをかみしめている様子だった。

北海道は幸いいとこが大学に勤めており、教え子が広い道内を北から南へ案内してくれた。山海の珍味を味わいながら、あのような良い経験は土地の方の案内なしでは出来ない事だといとこに感謝した。

その後、いとこはロンドンの大学に赴任した。妹はロンドンをはじめヨーロッパを旅行し、スイスから時計の土産を私に買ってきてく

いけ花教室で知り合ったラスベガスの友人たちを訪ねて

れて、とても楽しかったのだろう、「お姉さんも一緒に行けばよかったのに」と残念そうだった。

翌年私も昔いけ花を教えた外国人たちに誘われ、一人でラスベガスに行った。毎日毎晩、時の経つのも忘れてギャンブルにあまりに熱中するため、「せっかく観光に来たのだから」とグラン四、五人の生徒さんが会いに来てくれ、一軒一軒自宅を訪問し、思いがけない再会に心から人生を謳歌した。

阪神淡路大震災・熊本地震

しかし、長い人生には計り知れない事が起きる。

平成七（一九九五）年一月十七日、阪神淡路大震災。家では芦屋で働いている弟と、偶然自宅の淡路島から出張のために弟のマンションに行っていた奥様の安否を気遣い、テレビに釘付けで無事であることを祈り続けた。しかし、願いも叶わず、悲しい知らせ。十七日午前五時五十分、マンション倒壊、鉄骨の下敷きになったと。

九十歳になる母は、「親より先に逝くなんて。身代わりになってやりたかった」と、肩を震わせ泣き崩れた。

夜が明け、私、兄、妹と三人で弟夫婦の自宅がある淡路に飛んで行き、変わり果てた姿に目を覆った。何とむごいことか。屋敷の周りには何十本もの花環が贈られ、市長、学校関係と何百人もの方々が葬儀にみえ、変わり果てた遺体に泣きすがる老いた親の姿に皆もらい泣きした。五十四歳の父と五十三歳の母。可愛い二人の息子を残し、さぞ無念だっただろう。残された長男は就職して新聞記者に。弟は九州大学に合格し、福岡の祖母の家に来ており、難を逃れた。

母は孫のため、大学を卒業するまで毎日食事を作り、一生懸命面倒をみた。やがて長男は結婚し、一男を授かり幸せな家庭を持った。次男は九大を卒業後、京都大学大学院を出て三人の子どもにも恵まれた。可愛らしい子どもたちを見るたび、両親が生きていたら、と不憫に思えてならない。

息子夫婦を亡くした母は、可愛らしい曽孫の成長を楽しみながらたくさんの短歌を作り、『残照』という歌文集を出版し、明治、大正、昭和、平成を強く逞しく生き、平成十七（二〇〇五）年、百歳で安らかにその生涯を閉じた。

神戸の辛い悲しい地震から二十一年が過ぎ、平成二十八（二〇一六）年四月、今度は熊本で大地震が起きた。最大震度七の地震が二度も起こり、激しい余震も続いた。

まさか八十四歳になってこんな不幸が私にのしかかるなんて。夜の出来事で、避難の途中、道路で転び、歯は欠け、頭にこぶが出来て、やっと体育館にたどり着き、板張りに寝たり、冷えたおにぎりや硬いパンをかじり、とうとうめまいや腰の痛みに耐えきれず、近くの病院に入院させてもらった。ふわふわのベッドや温かい食事、久しぶりのお風呂に身も心も癒やされ、しみじみと日常の何げない生活に改めて感謝した。

退院して帰ってみると、足の踏み場もなく、壊れた食器や家財道具で手のつけようがなかった部屋が綺麗に片付けられ、寝室は新しいシーツや布団に替えて、すぐ私が休めるようにしてあった。永年働いてくれている従業員の行為だった。

商売も忙しいのによくこのように片付けが出来たものだと感心した。軽トラ一台分、家財道具を捨てたと後で聞き、さぞ大変だったろうと頭が下がった。そして地震後は何が起こるか心配だと言い、アパートを出て、同居してくれた。私はこんな思いやりのある従業員に巡り会えたことに、日々感謝を忘れず、幸せな老後を過ごしております。

今後は世界中が平和で二度と災害が起こらぬよう、神様に只々、祈るばかりです。

〈了〉

あとがき

いつの間にか昭和は遠くなってしまった。若い人にとっては昔話である。

十五歳から六十歳定年まで、四十五年間市役所に勤務した。人生の半分である。

辛いとき「忍（にん）のうた」を口ずさんで耐えたこともあった。楽しいこともあった。周囲の人々に支えられがんばってきたこともあった。

今でも続いている人々との絆こそ人生の宝であると思っている。

私は美智子上皇后を敬愛している。同じ年齢で同じ時代を生きてきた。疎開も空襲も経験し、平和の尊さを身にしみて感じて来た世代である。

美智子上皇后の行動には頭が下がり、共感するばかりであった。戦争中の激戦地の島々への慰霊訪問、沖縄への深い想い。また被災地や弱い人々により添って来られた。

日本は戦後七十余年戦争のない平和な時代を過すことが出来た。戦争で他国の人を傷つけたり殺すことも、自国民が戦死することもなかった。

日本国憲法は戦争体験と反省に裏づけられた世界に誇れる憲法だと思っている。

今、ロシアによるウクライナへの無謀で狂気じみた侵略行為が行われている。国際社会がこれを止められないもどかしさを感じている。

殺し合い奪い合いのない平和な社会になれないものか。

世界中が日本と同じように戦争放棄を憲法に掲げれば世界は平和になるのではないか、などと思ったりしている。


姉が昨年八月肺炎で亡くなった。

数年前から自分の「波瀾万丈」だった人生を手記に書き綴っていた。

姉に刺激され私も自分が生きてきた軌跡を書くことにした。姉とお互いに原稿を送り合い、毎日電話で感想や昔話を語り合った。

この度私の原稿を文芸社に勝手に送ってみた。思いもかけず長い丁寧なご講評を送って下さり出版を勧めていただいた。

思い切って出版させていただくことにした。

姉が書き遺した手記も併せて発表させていただくことになり、姉も喜んでくれることと思っている。

東京から疎開して以来、姉の後について歩き、常に頼りにしてきた。

戦時中から戦後にかけて畑を耕し、母が仕事で家を離れた際も母に代って家事一切を仕切っていた。その時も一緒だった。

姉はがんばり屋で英語と華道をしっかりと身につけると、これを十分に活かし生きてきた。

母は優しく気丈で、ユーモアがあった。

私が最も尊敬する女性で私の目標だった。母とはずっと一緒に過ごし、百歳まで元気に過ごしてくれた。

姉と一緒に、少しは親孝行が出来たのではないかと思っている。

私の人生を振り返ると、コンプレックスと後悔の念がつきまとう。あまり本も読んでいない。文化・芸術への知識も乏しく触れる機会も少なかった。要するに教養が足りないので自信がない。心の中はいつも臆病だった。

ただ言えることはいつでもベストを尽し、全力投球で生きて来たと自負している。

まだ岐路をさ迷いながら、模索は続いている。

夢二題

この道しかなかりしものと思いつも
なお悔残る若き日の夢

武器のなき世はいつの日ぞ地球上
　農工芸術満ち満つる夢

私が歩んで来た人生の軌跡が、若い世代の方々の心の片隅にでも何か残るものがあれば幸せだと思っています。

この度文芸社からのお勧めもあり出版を実現することになりました。

文芸社の皆様には大変お世話になりました。最初からご丁寧な対応から始まり、長い作品講評をいただき、そして編集から完成まで実にゆき届いたお世話をいただきました。

特に担当の川邊朋代様、編集部の原田浩二様には、姉の手記の掲載や原稿の書き増し、写真の選択など、多くの無理なご相談にも優しく対応していただき深く感謝申し上げます。

文芸社の皆様本当にありがとうございました。

令和五（二〇二三）年　三月

松村　緑

著者プロフィール

松村 緑（まつむら みどり）

昭和9年生まれ
昭和25年4月福岡市職員共済組合印刷部就職
昭和25年10月福岡市職員（事務員）採用
昭和29年3月福岡県立筑紫丘高等学校（定時制）卒業
昭和37年3月西南学院大学商学部（夜間部）卒業
平成6年3月中央総合福祉専門学校社会福祉士科（通信制）卒業
平成7年3月福岡市職員定年退職
平成7年10月～平成17年9月福岡家庭裁判所家事調停委員
【取得資格】
平成8年4月社会福祉士
平成11年5月介護支援専門員
【主な受賞歴】
平成元年11月厚生大臣賞
福岡県在住 囲碁五段

昭和女性のど根性人生

2023年3月15日　初版第1刷発行

著　者　松村 緑
発行者　瓜谷 綱延
発行所　株式会社文芸社
〒160-0022 東京都新宿区新宿1－10－1
電話 03-5369-3060（代表）
03-5369-2299（販売）

印刷所　株式会社フクイン

ISBN978-4-286-29006-5